우리,
아이 없이
살자

우리,
아이 없이
살자

초판 1쇄 인쇄 2018년 6월 22일
초판 1쇄 발행 2018년 6월 30일

지은이 김하원
책임편집 조혜정
디자인 그별
펴낸이 남기성

펴낸곳 주식회사 자화상
인쇄,제작 데이타링크
출판사등록 신고번호 제 2016—000312호
주소 서울특별시 마포구 잔다리로3안길 29, 지층 1호
대표전화 (070) 7555—9653
이메일 sung0278@naver.com

ISBN 979-11-963934-3-4 03810

이 도서의 국립중앙도서관 출판예정도서목록(CIP)은 서지정보유통지원시스템 홈페이지
(http://seoji.nl.go.kr)와 국가자료공동목록시스템(http://www.nl.go.kr/kolisnet)에
서 이용하실 수 있습니다.(CIP제어번호: CIP2018019347)

우리,
아이 없이
살자

김하원 지음

자화
상

지극히 사적인
부부 이야기

직장 생활을 하고 있는 신랑과 게스트하우
스를 운영하던 나는 열심히 살고는 있었지만 무엇인가 허전했
다. 쳇바퀴 도는 삶에, 원하던 아이도 생기지 않자 부부의 대화
는 점점 줄었다. 하나부터 열까지 다른 성격에 싸움이 잦아졌
고, 그때마다 신랑은 동굴 파는 시간이 점점 길어졌다. 심한 스
트레스성 어지럼증인 이석증과 공황장애가 오고 불안증이 생겼
다. 심리 상담, 미술 치료, 심리 서적 읽기 등 할 수 있는 방법은
다했다. 임신은 멀어져가고, 설상가상 한 달에 보름 이상을 극심
한 생리통증에 시달렸다. 모든 불행의 원인을 신랑 탓으로 돌리
며 서로 미워하는 마음만 커져갔다. 몸과 마음이 너덜너덜해지
고 있었다.

내가 꿈꾼 결혼은 이게 아니었는데. 행복하지 않은데 무엇을

어떻게 해야 하는지 알 수 없어 답답하기만 했다. 이렇게 살다가는 쇼윈도 부부 아니면 남남이 될 것 같은 위기감마저 느꼈다. 남녀의 설렘이 없어질 때쯤 아이가 생기고, 함께 키우며 엉겨가며 가족이라는 유대감이 형성되는데 우리에겐 그 당연한 과정이 주어지지 않았다. 여전히 우리가 아닌 너와 나였다.

그러나 포기하고 싶지 않았다. 내가 선택한 사람에 대한 믿음을 버리고 싶지 않았고, 내 선택이 틀리지 않았음을 증명하고 싶었다. 내가 방황하는 사이 신랑도 같은 위기감을 느꼈고, 그가 꺼낸 비장의 카드는 바로 세계 여행이었다. 아이가 없으니 공통의 무언가를 만들어야 하는데 세계 여행이 가장 좋은 방법이라며 나를 설득했다. 그러나 비행공포증이 심한 나에게는 폭탄선언과 다름없었다. 우리의 운명은 신랑의 의지대로 흘러갔고 신랑은 회사를 과감히 그만두었다. 나는 이민을 준비하던 동생에게 1년간 게스트하우스를 맡기고, 그렇게 우리 부부는 떠났다. 우여곡절 끝에 우리는 1년간의 여행을 무사히 마쳤고, 나를 걱정한 사람들은 중도포기하고 올 줄 알았다며 완주를 축하해주었다. 여행에서 돌아온 지 한참 지난 어느날 갑자기 이런 생각이 들었다.

'도대체 우리 부부는 무엇이 문제일까?'
'나는 아무 문제가 없는데 모든 원인은 상대방 때문 아닐까?'

작가의 말

'과도한 불안과 걱정을 어떻게 없앨 수 있을까?'

'나는 왜 상처도 잘 받고, 자존감도 낮은 유리멘탈일까?'

'아이 없이도 잘 살 수 있을까?'

　나와 비슷한 고민을 하는 사람들에게 내가 겪었던 시행착오와 경험을 들려주고, 미화된 부부의 모습이 아닌, 현실적인 결혼 생활에 대해 얘기 나누고 싶었다. 더 잘 살 수 있는 방법들을 함께 고민해보고 싶었다.

　많은 부부들이 겉으로 표현하진 않지만 여러 문제들로 힘들어한다. 각기 다른 두 기준이 만나 하나의 기준으로 합치려니 불협화음이 나는건 어찌 보면 당연하다. 예쁘게만 사는 줄 알았던 우리 부부의 모습을, 또한 지극히 사적인 부부의 이야기를 불특정 다수에게 공개한다는 것은 또 하나의 두려움이고 도전이었다. 그러나 내 이야기가 누군가에게 작게나마 도움이 된다면 충분히 용기낼 가치가 있다고 믿는다.

　살면서 많은 자기계발서와 심리 서적을 읽었다. 그러나 좀처럼 변하지 않는 내 모습에 실망이 컸다. 그러나 놀랍게도 내가 어떻게든 행동해야만 하는 상황들에 계속 노출되고 부딪치니 그들이 제안했던 방법이 정말로 내게도 효과를 발휘하는 신기한 경험을 하였다.

　여행이 힘들 때마다 신랑을 원망했지만 지금은 너무나 감사할 뿐이다. 그가 아니었으면 파타고니아의 숨멎는 설산과, 이과수 폭포의 믿지 못할 장관을 내 눈과 마음에 어떻게 담았으랴. 그리고 책까지 쓰게 됐으니 나의 성장에 큰 도움을 주지 않았는가.

부모님의 건강 문제로 중도에 귀국하는 사람들을 만나면 남의 일같지 않았다. 연로한 부모님이 가장 신경이 쓰였다. 자식의 더 나은 삶을 위해 멀리 떠난 여행을 응원해주시고, 건강히 자리를 지켜주신 양가 부모님께 진심으로 감사드린다.

작가의 말

치열하게 싸웠다.

좋아하는 감정은 있는데 계속 삐그덕거렸다.

이해할 수 없는 점도 너무 많았고

대화가 통하지 않았다.

분명 같은 언어로 말하고 있는데도

서로의 말을 알아듣지 못했다.

1장

결혼,
우린 여전히
남일 뿐

하나.

인연이라
믿었다

엄친딸은 아니었지만 특별히 못난 것도 없었다. 화목한 가정에서 반항이란 모르고 자랐고, 들어가기 어렵다는 호텔에 취직하여 인정받으며 일했다. 착실하게 적금도 부으며 자기계발에도 힘썼다. 이 세상 모든 부모는 당신 자식을 과대평가한다. 부모님도 이런 나를 좋은 곳에 시집 보내기 위해 모든 인맥을 동원하여 선 자리를 만드셨다. 의사, 변호사, 고위 공무원 등 소위 스펙 좋다는 남자들을 만나봤지만 감흥이 없었다. 번번이 퇴짜를 놓을 때마다 부모님께 죄송하기도 하고 나도 안타까웠다. 친구들은 잘도 만나는 반쪽을 나는 아직도 찾지 못하고 있었다.

그는 나의 이상형과는 거리가 먼 남자사람 선배였다. 같은 부서였기에 워크숍을 가게 되면 미묘한 설렘은 있었지만 청춘남녀의 가벼운 호기심일 뿐 그 이상은 아니었다. 그 남자사람 선배가 몇 년 뒤 내 남편이 되리라고는 꿈에도 상상하지 않았다.

당시에 난 오래 사귀던 남자친구와 헤어지고 나이는 점점 먹어가니 울적했다. 내 마음과는 달리 바깥세상은 2006년 월드컵으로 온통 흥분의 도가니였다.

"지배인님, 술 한잔 사주세요~"
"응~ 언제든지. 이번 주 금요일 어때?"

아무 생각 없이 선배나 뜯어먹자는 생각에 사내 메신저를 날렸다. 팀 회식이나 외근이 아닌 단둘이 만나는 건 처음이었다. 몇 년을 선후배로 지내오다가 지극히 개인적인 만남을 갖는다는 사실이 무척 긴장되었다. 화장은 잘 됐는지, 옷에 뭐가 묻지는 않았는지 신경이 쓰였다.

'어차피 사귈 것도 아닌데 뭐. 금욜날 심심한데 술이나 얻어먹지 뭐!'

한여름도 아닌데 고기를 굽는 그의 얼굴에선 비 오듯 땀이 흘렀다. 술 취하면 본성이 나온다고 이 남자의 본모습을 보고 싶다는 엉뚱한 생각에 없는 애교를 부려가며 술을 먹였다. 노래방으

우리, 아이 없이 살자

로 이어진 자리에서 어깨동무를 하며 노래를 부르는 그의 와이셔츠가 땀으로 살짝 젖어 있었다.

'아니 웬 땀을 이리 흘려? 이 선배 혹시 나를 여자로 생각하는 거 아냐?'

그러나 남자사람 선배와 술자리 후에도 특별한 감정은 없었다. 오히려 그날 이후 자꾸 연락 오는 그가 너무나 부담스러웠다. 그럴 리 없겠지만 이 남자와 가까워지면 안 된다고 스스로 다짐했다.

일주일 동안 연락이 없었다. 식사 몇 번 거절했을 뿐인데 벌써 포기했나? 괜히 힘이 빠졌다. 친해지긴 싫지만 자꾸 궁금했다. 보내지 말았어야 할 안부문자를 먼저 보내고야 말았다. 이미 난 그의 밀당에 말려들고 있었다. 소문난 애주가인 그가 주변 관계를 모두 뒤로하고 365일을 하루도 빠짐없이 나와 만났다. 주변에서 왕따시킬 거라며 협박을 하는 것 같았다. 말 많고 보수적인 호텔 특성상 연애한다는 소문이라도 나면 좋을 게 없었다. 사무실에선 눈길 한 번 마주치지 않았다. 007작전을 방불케 하는 연애였다.

애초부터 나에게 이상형이라는 건 없었다. 단지 부모가 원하는 좋은 조건의 남자를 찾고 있었을 뿐이었다. 지금 와서 생각하니 진정한 이상형이란 드라마 속에 나오는 재벌가의 착한 남자가 아니라 나의 부족한 부분을 채워줄 수 있는 남자였다. 그러나 그땐 내게 무엇이 부족한지조차 몰랐기 때문에, 그가 내게 필요한 사람이란 것을 알지 못했다. 단지 나와는 다른 그의 모습에 끌렸고, 그것이 인연이라 믿었다. '나와 달라서 좋았다'라는 말은 결국 '나의 부족함을 채워줄 수 있는 사람'과 같은 의미라는 걸 그땐 깨닫지 못했다.

우리, 아이 없이 살자

둘,

위태로운
관계

　　　　　결혼 전에는 건강한 편이었다. 불안장애, 공
황장애라는 말은 있는지도 몰랐다. 파도가 험하기로 소문난 울
릉도를 겁도 없이 연애 시절 놀러갔었다. 집안 내력으로 멀미를
자주하기는 했지만 컨디션이 안 좋거나 차 안에서 책을 보지 않
는 한 큰 문제는 없었다. 설레는 마음에 멀미약도 먹지 않고 탄
게 화근이었다. 얼마 가지 않아 심하게 흔들리는 배에서 멀미가
났고 그 강도는 차멀미와는 수준이 달랐다. 같은 배에 탄 승객의
반 이상이 구토를 하느라 여자 화장실은 아수라장이 되었다. 심
지어 뱃멀미에 지친 여자들이 남자 화장실까지 점령하는 비상
상황이었다. 게워낼 변기도 확보하지 못한 나는 사람이 멀미하
다 죽을 수도 있다는 생각을 했다. 얼마나 심하게 멀미를 했는지
울릉도에 도착해서도 이틀 동안은 아무것도 하지 못했고, 다시

섬을 나올 때는 배 탈 걱정에 잠을 못잘 정도였다. 그런 나를 어떤 감정이나 안쓰러움 없이 무심하게 나를 쳐다보던 그의 표정에 상처를 받았다. 거리감이 크게 느껴졌다.

하루는 그의 집으로 놀러갔다. TV를 보고 있는데 빨래를 좀 널어달라고 했다. 물론 얼마든지 도울 수 있는 일이었지만 결혼한 사이도 아닌데 마치 상사가 부하에게 지시하는 듯한 말투에 빈정이 상한 나는 이 남자는 내가 찾는 사람이 아니라는 확신이 들었다. 우리는 며칠 후 헤어졌다. 그러나 차가운 그의 모습 뒷면의 외로움을 보고야 말았다. 내가 품어줘야 할 것 같았다. 그렇게 우리는 부부가 되었다.

남들보다 늦게 한 결혼이기에 부지런히 돈을 모으고 싶은 나와는 달리 현재의 즐거움을 중시하는 신랑과 사사건건 부딪쳤다. 목이 조금만 파인 옷을 입어도 품행이 단정치 못하다며 정색을 했고, 전업주부였던 어머님 밑에서 자란 신랑은 직장에 다니는 나에게 필요 이상의 집안일을 기대했다. 남녀평등을 외치는 며느리들에게 억울하면 군대를 가라는 구시대적 발상을 서슴지 않았고, 주변 사람들과 함께 먹는 밥은 항상 본인이 사야 직성이 풀렸다. 애주가였던 그는 새벽 2시 귀가가 기본이었고, 그가 들어오기 전에는 잠을 이루지 못하는 나는 몸과 마음이 힘들었다.

결혼을 하면 내 편이 생긴다고 했건만 나에게 그는 멀게만 느껴졌다. 대화를 하다가도 싸움으로 번졌고, 내 말을 부하 직원의

우리, 아이 없이 살자

말대답으로 받아들이는 듯했다. 공통분모가 없는 데다가 상대를 자기 기준으로 바꾸려고 하니 우리는 유대감을 키우기는커녕 스스로를 방어하는 데 혈안이 되었다. 분명히 나와는 다른 모습이 좋아서 결혼했는데 그 다름이 뾰족한 날이 되어 다가가지 못하는 아이러니한 상황이었다. 2개의 톱니바퀴가 박자를 맞추어 돌아가야 하건만 자기 속도가 맞다고 우기며 날카롭게 부딪치고 있었다. 신경이 곤두서는 소음과 상처가 가득했다. 당장이라도 이탈할 것만 같은 톱니바퀴가 위태로워 보였다.

셋.

결혼 8년차,
달라도 너무 다른

사업하시는 아빠 덕분에 여유 있는 유년시절을 보냈다. 기억 속의 엄마는 발목까지 내려오는 여성스런 홈웨어를 입고 널쩍한 거실 소파에 앉아 갓난쟁이 동생에게 분유를 먹이는 모습이었다. 가정부 아줌마가 거친 때수건으로 오빠와 나를 씻겨줄 때마다 엄마가 씻겨달라고 투정부리던 기억도 난다. 기사가 운전하는 차에, 사모님 소리 들으며 살림만 하던 엄마는 아빠의 사업 부도로 생활전선에 뛰어들었다. 엄마는 우리를 급히 데리고 어디론가 가셨고, 엘리베이터 안에서 서럽게 우시던 모습이 지금도 내 기억 속에 생생하다. 쾌활하고 적극적인 성격으로 몸이 부서져라 일하신 엄마는 웬만한 대기업 간부만큼의 월급을 벌어오셨고, 덕분에 우리들은 고액 과외까지 받으며 어려움을 모르고 학창 시절을 보냈다.

우리, 아이 없이 살자

대학에 가서도 등록금에, 용돈까지 당연하게 받아 썼고, 친구들과 대학 생활을 즐기기 바빴다. 아르바이트라도 해서 부모님을 도와드릴 생각은 하지도 못했다. 나중에 알고 보니 엄마의 일도 예전 같지 않아 전보다 여유롭지 못한 상황이었는데 난 멋 부리며 친구들 만나기 바빴으니 철이 없어도 너무 없었다. 서른이 훌쩍 넘어 결혼을 했건만 여전히 정신적으로 독립하지 못한 채 부모님에게 의지하며 그들의 울타리 안에서 살고 있는 어른 아이었다.

어느 날 신랑과 고성이 오가는 큰 싸움을 했다. 나를 상처주기 위해 심한 말을 뱉어내는 신랑이 참을 수가 없었다. 이 상황에서 기댈 곳은 엄마밖에 없었다. 억울한 마음과 분노로 이성을 잃은 나는 울며불며 엄마에게 전화를 했고 신랑을 고자질했다. 한밤중에 전화를 받은 엄마는 신랑에게 큰 사고라도 난 줄 알고 깜짝 놀라셨고 자초지종을 들으시고는 나보다는 신랑을 나무라셨다. 그때까지도 얼마나 부끄러운 행동을 했는지 알지 못했다. 둘이 있을 땐 싸울지라도 잘 살고 있다고 어른들을 안심시켜도 부족할 판에 6살짜리보다도 못한 행동과 생각에 여전히 머물러 있었다.

치열하게 싸웠다. 좋아하는 감정은 있는데 계속 삐그덕거렸다. 이해할 수 없는 점도 너무 많았고 대화가 통하지 않았다. 분명 같은 언어로 말하고 있는데도 서로의 말을 알아듣지 못했다.

가족이라는 친밀감보다는 자기 조국의 사상을 위해 싸우러 나온 전사의 모습이었다. 인신공격의 치졸한 방법으로 서로에게 상처를 주며 관계는 악화되었다. 마음을 열고 대화를 통해 관계를 풀어나갈 수 있을 거라 믿었는데 우리 부부에게는 통하지 않았다.

그는 싸우면 동굴 속으로 들어가 일주일 이상 나오지 않았다. 개선의 의지조차 보이지 않는 그의 행동에 실망스럽고 화가 났다. 그러나 적막감, 괜한 미안함에 늘 먼저 사과한 건 나였고, 그는 마지못해 동굴 속에서 나왔다. 개운하지 않았다. 개선된 무언가가 없이 또 싸움이 반복될 게 뻔했다. 내가 무엇을 그렇게 잘못한 건지 억울한 마음과, 답답함, 고작 이렇게 살려고 결혼한 건가 하는 자괴감와 우울함이 내 영혼을 갉아먹고 있었다.

본성은 착하지만 이면의 냉정함과 욱하는 성향을 가진 신랑이 무서웠다. 휠 수 있는 유연함이 아닌 스스로를 부러뜨리는 극단적 기질이 있었기 때문이다. 자아가 강하고 자존심도 강한 신랑과는 반대로 쉽게 상처받고 자존감도 높지 않은 나는 점점 더 움츠러들었다. 끊임없이 누군가로부터 지적받고, 상처받는 게 힘들었다. 내가 이렇게 못난 사람이었나 위축되면서 신랑의 눈치를 살피기 바빴다. 반면 신랑도 말만 하면 예민하게 반응하는 나를 불편해하며 서로 다가가지 못하고 벽을 쌓고 있었다.

화목한 가정에서 자란 나는 사랑도 많이 받고 별 탈 없이 자랐다. 상처 잘 받고 소심한 성향은 있었지만 반면에 당찬 모습도 있었다. 자존감이나 불안의 원인을 분석할 때 심리학에서 단골로 등장하는 소재가 부모님과의 관계나 어렸을 적 트라우마가 될 만한 큰 사건이다. 그러나 나에겐 해당 사항이 없었다. 과분한 사랑을 받으며 온실 속 화초처럼 자랐다. 부모님의 뜻을 거역하는 행동은 절대로 하지 않았고, 고집도 없었다. 한번 화나시면 불같은 아빠가 무섭기는 했지만 말만 잘 들으면 문제없었다. 그러나 나중에야 깨달았다. 그 온실 속 화초의 환경이 지금의 나를 만들었다는 것을. 부모의 사랑과는 별개로 나 스스로 어떤 생각과 경험을 하며 살아왔는지가 중요하다는 것을.

서른이 훌쩍 넘은 그때까지도 한 번도 나에 대해 진지하게 생각해본 적이 없었다. 사춘기도 별일 없이 지나갔고, 대학 시절에는 놀기 바빴다. 내가 무엇을 좋아하는지, 어떤 삶을 살고 싶은지 생각해본 적이 없었다. 내가 누구인지는 관심이 없었고 그저 흘러가는 대로 살며, 회사 다니고, 부모님 말씀 잘 듣는 착한 딸로만 살았다.

신랑은 회사 일로, 나는 게스트하우스 운영으로 열심히 살았지만 아이가 생기지 않자 변화 없는 삶이 우리 부부 사이를 더욱 건조하게 만들었다. 신랑은 단조로운 삶을 피해 자기만의 취미 생활에 빠져 주말에도 나가 있기 바빴고, 매여 있는 몸인 나는 혼자만의 시간을 보내야 했다. 아이가 있었다면 유대감을 느낄 수 있었을 텐데라는 안타까움, 신랑과 점점 멀어질 것 같다는 불안이 공존했다. 그러나 아이는 핑계였다. 둘의 관계가 불안정하고 신뢰가 형성되지 않은 상태에서 아이가 생길 리 만무했고 설령 생긴다 하더라도 언젠간 터질 수 있는 화산처럼 불안한 가정이 될 게 분명했다. 이대로 산다면 방법은 두 가지였다. 쇼윈도 부부로 살거나, 이틀마다 치열한 전쟁을 벌이거나.

　결혼 8년차, 위기였다.

우리, 아이 없이 살자

넷.

70대 노인이
되어버린 몸

아빠는 해외 출장이 잦았고 그때마다 엄마는 우리를 데리고 공항에 마중 나가셨다. 나오는 사람들을 뚫어지게 쳐다보며 아빠가 저 멀리 보이면 몇 년 만에 만난 것마냥 뛰어가서 아빠 품에 안기던 딸이었다. 아빠의 큰 여행가방에서 하나씩 둘씩 나오는 선물 보따리가 그땐 그리도 설렜다. 반가운 사람을 기다리는 곳, 여행의 시작으로 설레는 곳. 예쁜 승무원들과 한껏 멋낸 여행객들로 북적이는 곳. 특유의 공항 냄새에서도 설렘을 느꼈다. 서른일곱까지는.

결혼 5년차,

신랑과 심하게 싸운 다음 날, 여지없이 신랑은 냉랭하게 말한마디 없이 출근을 해버렸고 이직하기 위해 잠시 회사를 쉬고 있던 나는 울적한 마음으로 내키지 않는 밥을 꾸역꾸역 입안에 집어넣고 있었다. 그 순간이었다. 갑자기 천장이 바닥으로 곤두박질치더니 이내 마룻바닥이 하늘로 솟아올랐다. 처음 겪는 끔찍한 증상이었다. 그대로 바닥에 쓰러졌다. 뇌에 심각하게 문제가 생긴 것 같았다. 머리를 어디에 부딪친 것도 아니고 피가 나는 것도 아니었다. 혈관이 터지지 않고서야 이런 끔찍한 증세가 나올 수가 없었다. 어지러운 정도를 넘어서서 곧 머리가 터져서 죽을 것 같은 느낌이었다.

극도의 공포가 밀려왔다. 119에 전화를 걸기 위해 고개를 들고 핸드폰을 찾으려 했으나 이내 엄청난 속도로 또다시 천장과 바닥이 회전을 하며 순식간에 심한 구토가 났다. 전화도 걸 수 없는 위급한 상황이었다. 간신히 기어가 화장실 바닥에 구토를 한 뒤 신랑에게 전화를 걸었다. 예상대로 받지 않았다. 내가 죽어가는 순간에도 연락을 받지 않는 냉정한 사람이라고 생각했다. 있는 정마저 떨어졌다.

걱정시켜드리고 싶지 않았지만 곧 죽을 것 같았다. 엄마에게 전화를 걸어야 했다. 깜짝 놀란 엄마는 친구 분과 놀러 가셨다가 한걸음에 달려오셨다. 누워 있지도 못한 채 고개를 바닥으로 떨군 채 웅크리고 바들바들 떨고 있는 나를 보자 놀란 엄마는 어찌할 줄 몰라 하셨다. 극심한 어지럼과 구역질도 미치겠지만 듣지도 보지도 못한 증상이 너무나 공포스러웠다. 차라리 외상이었으면 마음이라도 편했을 텐데 누가 봐도 뇌에 문제가 생긴 게 틀

우리, 아이 없이 살자

림없었다. '아, 왜 이런 일이 나에게….' 믿어지지 않았다. 아직 마흔도 안 되었는데 죽는 게 억울했다. 무슨 병인지는 몰라도 엄청난 스트레스 때문이라는 걸 직감적으로 알았다.

'이게 다 신랑 때문이야.'

어느 과를 가야 할지 몰라 급한 대로 동네 내과를 갔다. 연세 드신 엄마가 새파랗게 젊은 여자를 부축하고 걸어가는 모습에 사람들의 시선이 느껴졌다. 원인을 찾지 못하고 병원을 헤매다 이석증이라는 것을 알아냈다. 이석증은 체력 저하와 혈액순환 장애로 귀의 평형기관을 담당하는 작은 돌이 이탈되어 극심한 어지럼증과 구토를 동반하는 노인성 질환이다. 보통 60대 이상에서 많이 걸리지만, 젊은 사람들의 경우 극심한 스트레스가 누적되면 생기기도 한다. 전혀 들어보지 못한 병이었다. 나를 뺀 모든 환자들이 70대 이상의 노인들이었다. 또 한번 충격을 받았다. 내 신체 나이가 70세라니. 어르신들이 나를 안쓰럽게 쳐다보셨다. 젊은 사람이 파랗게 질린 얼굴로 엄마 어깨에 기대어 다 죽어가니 그럴 만했다. 표면적 원인은 혈액순환 장애였지만 근본 원인은 극심한 스트레스였다. 몸과 마음이 지칠 대로 지친 상태였기 때문에 어찌 보면 병이 안 걸리는 게 이상할 정도였다. 이석증 치료는 머리를 몇 번 돌려서 빠진 돌을 제자리로 가게 하는 것으로 간단히 해결되었으나 잦은 재발이 문제였다.

심한 어지럼증과 구토증상도 힘들지만, 언제 재발할지 모른다는 두려움, 몸이 이 지경이 되도록 방치하며 살아온 내가 한심하고 안쓰러워 견딜 수가 없었다. 그 이후로 살짝만 어지러워도 온몸에 식은땀이 나며 긴장이 되었다. 증세가 심해질 경우 내가 할 수 있는 조치가 없는 게 또한 두려웠다. 누워 있을 때 재발되는 경우가 많아 한동안 앉아서 잠을 자야 했고, 악몽에 시달렸다. 왕성하던 식욕도 떨어졌다. 한창 일하고 애 키울 나이에 1년을 꼬박 쉬어야 했으니 공원이나 산책하며 요양하는 내 모습이 어이없었다.

그날도 무거운 마음으로 공원을 걷고 있었다. 순간 갑자기 온몸에 힘이 쫙 빠지며, 다리가 풀렸다. 너무 당황하고 놀란 나머지 공원 바위에 털썩 주저앉았다. 숨이 가빠지고 설명하기 힘든 엄청난 공포가 밀려왔다.

'아… 이건 또 뭐지!!'

이것 또한 생전 처음 겪는, 말로 표현하기 힘든 공포스런 증상이었다. 이때만 해도 공황장애가 뭔지도 몰랐을 때였다. 이번엔 심장에 문제가 생긴 것 같았다. 그날 받은 충격으로 다음 날부터 이리저리 알아보기 시작했다. 내과와 신경정신과는 물론이고 심리상담 센터도 가보았다. 공황장애 관련 서적도 읽고, 미술 치료도 받아보았다. 비싼 상담료도 부담이었고, 당장의 해결책을 얻지 못했다. 신경정신과에서는 약 몇 알 처방하는 게 다였다. 이미 건강한 정신과 몸 상태가 아닌 상황에서 그 어떤 외부활동에도 집중할 수가 없었다. 한시가 급한 나는 또다시 증세가 올까 두려워서 어쩔 줄 몰랐다. 간신히 어지럼증에서 벗어나는가 싶었는데 또다시 발목을 잡는 알 수 없는 증상에 두려움에 사로잡혀 점점 피폐해져갔다.

어느 날 집에 있는데 공황장애가 심하게 왔다. 금방이라도 어떻게 될 것 같아서 집에 있을 수가 없었다. 저승사자가 집으로 쳐들어온 기분이었다. 나도 모르게 몇 년 전 한두 번 나갔던 교회로 향하고 있었다. 모태신앙이었지만 나일론 신자였다. 결혼하면 신랑과 같이 열심히 다니자는 약속을 했지만 온갖 핑계를 만들어 연중행사로 나가던 교회였다. 그때까지는 신에게 간절히 매달려야 할 이유가 없었다. 절박해야만 매달리고 기도하는 게 인간의 간사한 마음이다. 우연의 일치였을까. 그날은 마침 매주 금요일 밤마다 열리는 금요예배 시간이었다. 예배라고는 일요일 예배밖에 없는 줄 알았는데 생각보다 많은 사람들이 절실하게 기도하고 있는 모습에 놀랐다.

금요예배는 각자가 처한 어려움으로 간절한 기도를 원하는 사람들이 많이 참석하는 예배였다. 정규 예배와는 달리 2시간의 찬양과 기도로 마음을 달래주고, 어두운 조명과 잔잔한 음악으로 다른 사람들의 시선을 의식하지 않고 편안하게 기도할 수 있는 시간이었다. 절실한 사람들이 모인 만큼 분위기는 뜨거웠다. 하염없이 눈물이 흘렀다. 이 정체 모를 불안에 어쩔 줄 모르는 내가 너무 가여웠다. 대상을 알 수 없는 공포가 끔찍했고 어쩌해야 할지 몰라 무서웠다. 분명 난 큰 위기에 빠졌는데 119도, 엄마도, 친구도, 남편도 아무도 나를 도와줄 사람이 없었다. 심지어 내가 위급한 상황이라는 걸 설명할 방법도 없었다.

사랑하는 가족과 남편이 있는데, 부족함 없는 삶을 사는데도 뭐가 그리 힘들었을까. 난 괜찮다고 우겼는데 내 몸과 마음이 너무 아프다며 울고 있는 것 같았다. 나에게 너무 미안했다. 처음으로 지친 내 자신이 보였다. 어쩌다 이렇게 되었을까? 누가 나를 이렇게 만들었을까?

태어나서 처음으로 나의 목소리에 귀를 기울인 날이었다. 그때까진 남의 목소리에만 귀를 열고 살았다. 갑자기 떠오르는 많은 생각들로 머리가 복잡했지만 그 2시간이 나에겐 고해성사로 마음을 푸는 자리였다. 그곳은 피난처였다. 밖에는 총알이 오가는 전쟁통인데 이곳은 절대 뚫리지 않는 대피소였다.

이 모든 병의 원인은 스트레스이고, 그것은 신랑 때문도, 회사 때문도 아닌 나 때문일 수 있다는 생각이 처음으로 내 머리에 스쳐갔다. 내가 나를 진정으로 아꼈다면 몸과 마음이 이 정도로

망가질 만큼 놔두지 않았을 것이다. 그 고통은 나 스스로가 만들어낸 것이다.

집으로 돌아오는 버스 안에서 또다시 공황증세가 왔다. 무섭고 외로웠다. 보이지 않는 괴물에게 쫓기는 느낌이었다. 다행히 약에 의존하지 않고 마음공부와 상담 등으로 초반에 공황장애 증상을 극복하였다. 그러나 몸과 마음이 조금씩 좋아질 때쯤 또 다른 증세가 생겼다. 아마도 공황장애와 어지럼증의 후유증 같았다. 평소 아무런 인식을 못하던 것들에 대해 과도한 불안을 느끼는 것이다. 흔히 말하는 불안장애였다. 터널 안에서 차가 막히면 답답하고, 지하철이 한강을 건널 때면 괜히 겁이 났다. 사건 사고 뉴스를 보면 긴장이 되었다. 건강염려증이 생기고 그토록 설레던 비행기가 공포의 대상으로 변하기 시작했다.

내 멘탈은 다시 얇은 유리가 되었다. 그전엔 전혀 의식하지 않았던 일상 하나하나가 불안으로 느껴지는 것은 굉장히 불편하고 힘든 일이었다. 필요 이상의 에너지가 소비되고 있었다. 내 몸과 정신이 거대한 싱크홀로 빨려 들어가는 기분이었다.

다섯.

엄마가
될 수 없는 나

아이를 갖기 위해 의학의 힘을 빌려보았으
나 결과는 좋지 않았다. 진심으로 아이를 원했다기보다는 결혼
을 했으니 아이를 낳는 건 당연한 일이라고 여겼다. 아이가 생기
면 신랑과의 관계도 좋아지지 않을까 기대했지만 불안정한 둘
사이에서 아이가 생길 가능성이 높지 않았다. 시험관을 진행하
는 중에도 신랑과의 싸움은 계속되었다. 부담스러운 비용은 둘
째치고, 정서적으로 안정이 안 되니 헛수고라는 생각이 들었다.
신랑 또한 아이를 그렇게 원하는 눈빛은 아니었고, 의무적으로
협조해줄 뿐이었다.

어느 날 생리가 끝났는데도 심한 생리통이 계속되는 게 이상
하여 동네 산부인과를 찾으니 큰 병원으로 가보라고 했다. 자궁
이 비대해지는 선근증이 의심되었다. 이석증과 불안증세가 거의

나았고, 많이 건강해졌다고 생각했는데 계속되는 몸의 이상 신호에 마음이 울적했다.

한 달에 열흘 넘게 진통제를 먹어야 했고, 통증이 심한 날은 일상생활을 하기 힘들 정도였다. 만성피로에 낮잠을 2시간씩 잤고, 통증 때문에 밤잠을 설치는 날도 많았다. 통증을 줄이기 위해 자궁 선근증 시술을 받아야 했는데 임신 가능성이 낮아지기 때문에 아이는 포기해야 한다고 했다. 선근증만 아니었으면 더 노력해서 아이를 가질 수 있을 거라는 희망이 있었는데 이젠 상황을 받아들여야 했다.

결혼을 하고 아이를 낳는 것은 당연한 것이며 아이를 갖지 못한다는 건 생각해본 적이 없었다. 주변에 아이 없이 사는 부부를 본 적이 없었고, 무엇보다 남들도 다 있는 아이가 나만 없다는 사실을 받아들이기 힘들었다. 돈이 많고 적음, 학벌이 좋고 낮음에 상관없이 여자라면 누구나 아이를 가질 수 있다고 생각했는데 나는 그 범위에서조차 벗어나 있었다.

왜 하필 나인가? 벼락 맞을 확률보다 적다는 로또가 된 것도 아니고, 그 낮은 확률의 불임에 왜 내가 해당되어야 하는지 화가 났다. 마흔이 넘어도 여기저기서 출산 소식이 들리건만 난 무엇이 잘못되어서 흔한 성공 사례의 주인공이 되지 못하는 걸까. 괜한 신랑 탓도 해보고, 하느님을 원망하기도 했다. 부모님께 예쁜 손주를 안겨드리지 못해 죄송했다. 병원에서 시술을 받으며 하루

이틀만 참으면 된다던 통증은 열흘이 넘게 계속됐고, 급기야 마약 성분의 강력 진통제까지 먹어야 했다. 누군가는 출산의 고통이라고 표현하기도 했다.

배와 허리가 끊어질 듯 아파서 눕지도 못하고 앉은 채로 며칠 밤을 샜다. 왕성했던 식욕도 없어지고, 체력이 급격하게 떨어졌다. 통증이 가라앉을 때쯤 진통제 과다 복용으로 위장 장애가 생겼다. 체력이 바닥난 상태에서 위까지 탈이 나니 총체적 난국이었다. 강한 통증은 가라앉았지만 생리통은 여전히 심각해서 진통제에 의지해야 했다.

너와 나,
이대로 잘 살 수 있을까?

TV를 같이 보다가 게스트하우스에 대한 기사가 나왔다. 둘 다 호텔 경영을 전공했고, 호텔에 근무하며 만났던 터라 숙박업에 관심이 많았다. 쉬기 지루하면 게스트하우스를 한번 해보라며 신랑이 가볍게 한마디 던졌다. '오호 재미있겠는데?' 정확하게 어떤 일을 하는 건지 예상 수익율이 어떻게 되는지는 몰랐지만 '이거다'라는 강한 느낌이 왔다. 몸도 많이 좋아진 상태라 다시 일을 하려고 벼르던 참이었다. 뭔가 꽂히면 돌진하는 성격인지라 나는 다음 날부터 명동과 홍대, 충무로를 돌며 시장조사를 했고 잘한다고 소문난 곳을 찾아가 노하우를 물어보기도 했다.

남편의 조언과 주변의 도움으로 알아본 지 2달 만에 홍대에 게스트하우스를 오픈했다. 관광산업이 호황인 시기를 만나 손님이 몰려왔고, 1년도 안 되서 2호점을 열었다. 활달한 성격에 사람 만나는 것을 좋아했던 나는 손님들과 어울리며, 적지 않은 돈도 벌었다. 움츠렸던 어깨가 펴지고 몸과 마음은 저절로 건강해졌다. 얼굴에 생기가 돌고 자신감이 생겼다. 손님에게 많은 사랑도 받고, 일본과 대만 인터넷 사이트에도 유명한 게스트하우스가 되었다.

신랑과의 관계는 별 진전이 없었으나 내가 조금씩 변하고 있었다. 신랑과 싸울 때마다 감정에 호소하고 눈물로 동정심을 유발했던 나는 성질 있고 깡다구 있는 아줌마로 변해갔다. 일을 하면서 어쩔 수 없이 부딪쳐야 하는 사람들로 인해 점점 드세져갔다. 누군가와의 갈등을 힘들어하고 상처도 쉽게 받는 내 모습이 싫었던 나는 지금의 모습이 더 좋았다. 드세지는 내 모습도 신랑은 마음에 들어 하지 않았고 여전히 나와 다툼이 시작되면 동굴 속으로 들어갔다. 그때마다 동굴 입구에서 고기를 구워 냄새로 그를 유인했었던 나는 보란 듯 나만의 동굴을 만들어서 맞불 작전에 들어갔다.

누가 더 동굴 속에서 오래 있나 경쟁이라도 하듯 더 깊은 동굴을 팠고, 거실에서 우연히 마주칠 때는 서로 유령을 보듯 지나쳤다. 웃기고도 슬픈 모습이었지만 오기가 생겼다. 어차피 근본적인 문제가 해결되지 않을 거면 대화 몇 마디 나누며 형식적으로 사는 것보다 이런 생활도 나쁘지 않은 듯했다. 마음이 약해질

우리, 아이 없이 살자

때마다 신랑에게 받았던 상처를 곱씹으며 동굴에서 나가지 않으려고 안간힘을 썼다. 도대체 무엇이 그의 마음을 굳게 닫히게 했는지 몰라 답답했다. 대화를 통해 풀 수 있을 거란 기대는 더 이상 없었다. 할 수 있는 방법은 다 해봤지만 여전히 서로 자기만의 논리에서 한 발짝도 양보할 기미는 없었다. 이대로 평생을 같이 살 수 있을지 초미세 먼지만큼이나 답답하고 위험한 날들의 연속이었다.

사랑하는 가족과 남편이 있는데,

부족함 없는 삶을 사는데도 뭐가 그리 힘들었을까.

난 괜찮다고 우겼는데 내 몸과 마음이

너무 아프다며 울고 있는 것 같았다.

나에게 너무 미안했다.

처음으로 지친 내 자신이 보였다.

어쩌다 이렇게 되었을까?

누가 나를 이렇게 만들었을까?

신랑의
폭탄선언

그는 어느 날 갑자기 잘 다니던 회사를 그만 두고 세계 여행을 가자고 했다.

'이건 또 무슨 봉창 두들기는 소리야.'

우리 둘 사이에 아이가 없으니 무언가 변화가 필요하다고 했다. 틀린 말은 아니었지만 그게 세계 여행일 필요는 없었다. 공통의 취미를 가질 수도 있고, 다른 방법도 있을 게 분명했다. 서로에게 받은 상처 치료가 먼저 되어야 하고, 불안정한 관계를 재정립하는 게 더 중요했다. 그대로 갔다가는 싸우고 돌아올 게 불보듯 뻔했다.

내 눈에는 신랑이 아이를 핑계로 자아실현을 하려는 과도한 욕심으로 보였다. 한창 몸값 높여 일할 40대 중반에 회사를 그만두고 세계일주를 간다구? 게다가 난 게스트하우스를 2호점이나 벌려놓은 상태고 심한 비행공포증에 생리통까지, 세계 여행을 할 수 없는 모든 조건을 갖춘 사람이었다. 여행 비용은 고민할 순서도 오지 않았다. 나와는 전혀 상관없던 일이, 내가 해낼 수 없는 일이 눈앞에 벌어질 생각을 하니 두려움이 밀려왔다. 전혀 마음이 내키지 않았다.

'일을 둘 다 그만두고 가자구? 제정신이야? 갔다 와서 취직 안 되면 어떡할 건데? 나 비행기 힘들어하는 거 알잖아? 생리통이 이렇게 심한데 1년 동안 떠돌이 생활을 어떻게 해?'라고 따지고 싶었지만 이미 다음 날부터 난 체력을 키우기 위해 헬스장으로 향하고 있었다. 꺾을 수 없는 신랑의 고집과 보이지 않는 강력한 에너지가 나를 이미 세계 속으로 밀어내고 있었기 때문이다.

나중에는 여행에서 즐거움을 느끼기도 했지만 여행 중반까지도 억지로 끌려온 듯 수동적 태도 탓에 소중한 시간을 누리지 못했다. 원해서 온 것이 아닌 데다가 정신적 육체적 불편함으로 여행에 집중할 수가 없었다. 지금 와서 생각해보면 신랑은 대단히 능동적인 삶을 사는 사람이었다. 마흔이 훌쩍 넘은 가장이 자신의 버킷 리스트 1순위인 세계일주를 실행에 옮긴다는 것은 흔치 않은 일이다. 아이가 없다 해도 회사를 그만두고 1년간의 공백을 감수하는 것은 큰 용기이자 배짱이었다. 그 의지가 나에게 전달되어 거절할 수 없도록 만든 것이다. 당시에는 그런 신랑이 무모해 보였지만 스스로에 대한 자신감이 없었으면 불가능한 일이었다. 그와는 반대로 정말로 가기 싫었던 나는 여행을 반대할 수도, 기간을 단축시킬 수도 있었다. 그러나 아무런 의사 전달의 노력 없이 타인의 삶에 끌려가는 수동적 모습, 그것이 바로 내가 살아온 방식이었다.

곰곰이 생각해보니 이제껏 내가 살아온 인생은 늘 그랬다. 치열하게 고민하고 선택하고, 부딪쳐보는 게 아니라 주어진 대로 살고, 장애물이 나타나면 피해가기 바빴다. 이 세상이 나를 괴롭히면 상대할 힘이 없는 나는 강력한 무기인 눈물을 보이며 엄마에게 일러바치는 어린아이처럼 굴었다. 누군가의 말에 상처를 받으면 그 말을 곱씹으며 속상해하고 밤잠을 설쳤다. 다니던 회사가 나와 맞지 않아 심한 스트레스로 몸이 나빠진 적이 있다. 내 판단에 따라 과감히 그만두고 다른 일을 찾아보면 되건만 참고 더 다녀보라는 신랑 말에 흔들려 억지로 나가다가 몸이 견디지 못하고 결국 그만두게 되었다.

결혼 생활, 직장 생활을 하며 깨달은 건 능동적인 삶을 살아야 한다는 것이었다. 어떤 누구도 내 인생을 좌지우지할 수 없다. 설령 누군가에 의해 내 상황이 결정되는 일이라도 그 상황을 능동적으로 받아들일 것이냐 끌려갈 것이냐는 나의 선택이다.

나에게 상처주는 말을 누군가가 했다면 당사자에게 직접 얘기하는 것도 능동적 태도일 수 있지만 그 말을 어떻게 받아들이냐도 또 하나의 능동적 태도인 것이다.

상대를 바꾼다는 건 사실 어려운 일이다. 시도는 해볼 순 있지만 안 되면 나를 바꿔야 한다. 그게 더 빠르고 확실한 방법이다. 수동적 삶의 폐해는 나를 둘러싼 많은 사람들이 나를 괴롭히는 방해꾼으로 느껴질 수 있다는 것이다. 비록 원하지 않던 세계여행이지만 좋은 기회가 주어졌음을 감사하게 받아들이고 적극적인 자세로 스위치 전환을 했다면 훨씬 더 풍부한 여행을 할 수 있었을 텐데 아까운 시간을 흘려보내야 했다.

여덟,

설레지 않는
여행 준비

원래의 일정은 8월 1일 출국이었다. 첫 도시인 태국 치앙마이 항공권과 숙박 예약이 완료되었다. 출발을 얼마 앞두고 뉴스에서 이상한 소리가 들렸다. 우리나라에 전염병인 메르스가 퍼지고 있다는 기사였다. 아니나 다를까 뉴스 다음 날부터 게스트하우스 예약이 줄줄이 취소되었다. 천재지변으로 인한 예약 취소라 전액 환불도 해줘야 했다. 원래 계획은 1, 2호점 게스트하우스를 모두 넘기는 것이었고, 이미 계약도 끝난 상태였다. 그러나 메르스가 터지는 바람에 계약이 파기된 것이다.

멘붕이었다. 모든 게 뒤죽박죽되었다. 항공권과 호텔까지 모두 취소하고 돈을 날렸다. 세계일주는 무기한 연기되었고, 이사 하루 전날 취소 요청에 이삿짐센터도 황당해했다. 신랑은 졸지에 백수가 되었고 진퇴양난이었다. 여행 간다고 환송회까지 했

우리, 아이 없이 살자

으니 친구들은 무슨 일이냐며 물어왔고, 핸드폰에 불이 났다. 언제 출발할지 모르는 막막함에 힘들어하는 신랑을 보니 나까지 일이 손에 안 잡혔다. 이대로 세계일주는 무산되고 마는가. 나는 나대로 심란하고, 신랑도 힘들어했다.

절실한 마음이 하늘에 닿은 것일까? 제주도에서 살고 있는 동생이 떠올랐다. 온 가족이 영어학원을 접고 캐나다로 이민 갈 준비를 하고 있었다. "동생한테 맡기면 어떨까?" 신랑이 뜻밖의 제안을 했다. 이민자들도 숙박업을 많이 하기 때문에 게스트하우스 운영이 좋은 경험이 될 거란 생각이었다. 당연히 1년 동안의 운영 수익도 모두 동생이 갖는 조건이었다.

신랑과 나는 다음 날 아침 제주도로 날아갔고 동생네 부부를 만나 진지하게 얘기를 꺼냈다. 갑작스런 제안이라 동생도 잠시 당황했지만 며칠만 시간을 달라고 했다. 동생네가 거절하면 이제 방법이 없다. 그 며칠이 몇 달처럼 느껴졌다. 한번 운영해보고 싶다며 동생이 흔쾌히 제안을 받아주었다. 그제야 안도의 한숨과 함께 환하게 웃는 신랑의 얼굴이 눈에 들어왔다.

오, 진짜로 가는구나. 세계일주가 눈앞에 있다. 설레는 마음은 조금도 없었지만 신랑을 생각하면 다행이었다. 세계일주는 그렇게 운명으로 다가왔다.

아홉,

대체 왜 이런
고생을 해야 하지?

우리 부부를 부러워하는 사람도 있었지만 나를 아는 사람들은 걱정의 눈빛을 숨기지 않았다. 남의 속도 모르고 신이 난 신랑은 열심히 정보를 찾으며 연신 나를 불러댄다.

"원아~ 잠깐만 이리 와봐~. 페루에 69호수라고 있는데 경치가 끝내준대. 5,000미터 고산이라 서양 애들도 픽픽 쓰러진다는데 우리도 한번 가볼까? 흐흐."

"어? 응… 잠시만, 나 화장실 좀…."

"원아! 잠깐 이리 와봐. 태국 빠이에서 라오스 루앙프라방까지 이동하는 데 버스로 20시간, 보트로는 1박 2일, 2박 3일 코스가 있는데 어떤 걸로 가고 싶어?

"어? 응… 잠시만, 나 화장실 좀…."

"얘기하는데 자꾸 어딜 가? 너 때문에 대화가 끊기잖아!"

루트 좀 같이 짜보려던 신랑은 화장실을 들락거리는 나에게 짜증을 냈다.

'무슨 놈의 여행이 이리 거칠어. 한국에선 기껏해야 강원도 3시간, 멀어 봐야 5시간이면 남쪽 끝까지 닿는데 이건 뭐 20시간이니 30시간이니 말이 돼?'
'고산은 또 뭐구. 도대체 얼마나 힘들길래 체력 좋다는 서양 애들도 쓰러진다는 거야.'
'참나, 비행기는 도대체 몇 번을 타야 되는 거지?'

화장실에서 설사를 하면서도 연신 투덜거렸다. 얘기만으로도 온몸이 긴장되었다. 그동안 내가 했던 여행은 여행이 아니라 관광이었다. 예쁜 비치 원피스 입고 인증샷 찍는 여행은 기대도 안 했다. 봉고차로 5시간 이동 후, 지붕도 없는 보트로 땡볕에 7시간을 이동하고, 다시 로컬 버스를 타고 밤새 국경을 넘는다는 등 듣기만 해도 현기증이 났다. 긴장하면 화장실 가는 버릇이 있는 나는 휴게소도 제대로 없는 남미에서 어떻게 20시간씩 버스를 탈지 걱정이 태산이었다. 애초부터 환상도 없던 세계 여행이었지만 알면 알수록 가기 싫었다. 마치 나에게 행군 훈련과 화생방 훈련 중 어떤 걸 먼저 할지 물어보는 것과 다를 게 없었다.

"사람들은 도대체 뭐가 좋다고 돈 쓰고, 시간 쓰고, 몸 고생하면서 1년씩 떠돌이 생활을 하는 거야? 남미에 뭔 또 고산이 그리 많아? 땅덩이가 어떻게 생겼기에 사막도 많고, 밤엔 또 왜 그렇게 추운 거야?

괜히 신랑에게 짜증을 냈다. 마추픽추가 얼마나 멋있을지 우유니 사막 투어는 어떤 게 있는지 관심도 없었다. 그런 곳이 있는지조차 몰랐다. 아프리카 대륙은 진즉에 일정에서 뺐는데도 여행의 난이도가 만만치 않았다. 온몸의 신경세포가 날카로워졌다. 나에겐 모든 여행지가 넘어야 할 장애물처럼 느껴졌기 때문이다. 꼭 그리 고생을 해야 남는 건지. 좀 편하게 즐기면 의미가 퇴색되는 건지. 정말로 가기 싫었다. 여행은 준비할 때부터 시작이라는 말이 있건만 안타깝게도 그 설렘을 난 느낄 수 없었다.

맞아야 할 예방접종은 뭐가 그리 많은지 황열병, 장티푸스, A형 간염, 파상풍까지. 이름만 들어도 무시무시했다. 얼마나 힘든 여행이 기다리고 있을지 주사 종류가 말해주고 있는 것 같아 얼굴이 잔뜩 굳었다. 주사 맞는 것조차 즐거워하는 여행자들의 블로그에는 웃음 가득한 표정으로 찍은 예방접종 인증샷이 여기저기 보였다. 그들은 나와는 다른 세상 사람들이었다.

열,

공항 가는 길

1월 2일. 대망의 세계일주가 시작되었다.

아직도 실감이 나지 않는다. 20년 전 어학연수 떠날 때 말고는 장기간 한국을 떠나본 적이 없다. 무거운 짐 드는 걸 유난히도 싫어해서 친구들 만날 때도 핸드백 없이 나가는 나에게 10킬로그램이 넘는 배낭은 꽤나 버거운 존재였다. 이 배낭을 메고 1년을 다녀야 한다니. 세계 여행에 대한 궁금증이 하나 있기는 했다. 1년간 입을 속옷과 사계절 옷, 화장품을 어떻게 다 준비하는지였다. 내 친구들도 같은 질문을 했다. 속옷은 어떻게 하냐고.

"음… 가장 잘 마르는 걸로 7개 가져가서 돌려가며 입는 거지."

"그럼 빨래는?"

"속옷하고 양말은 매일 빨아야겠지. 겉옷은 잘 마르는 것으로
해서 가끔씩 빨고."

말하면서도 구질구질했다. 우리 손님 중 장기 배낭족들이 뿜
어내던 발 냄새와 후줄근한 모습이 이제야 이해가 되었다. 청바
지나 스웨터처럼 부피 있는 옷은 금물이고, 초경량 패딩, 빨리
마르는 기능성 옷이 필수다. 촌스러운 등산복 패션의 아줌마가
되고 싶지 않았으나 한국에선 한 번도 쓰지 않는 등산 모자에,
촌스러운 색깔의 바람막이 잠바, 모양 빠지는 등산 바지까지. 영
락없는 한국인 아줌마였다.

출발 전날까지도 업무 인수인계로 정신이 없었다. 출발 전 마
지막 가방 점검을 하면서도 한숨이 절로 나왔다. 아침에 혹시나
설사로 공항에 늦지는 않을지, 태국까지 첫 비행기 6시간을 잘
견딜 수 있을지 걱정에 밤을 꼬박 샜다.

'세계일주 D-day'

누군가에겐 꿈이 현실로 이뤄지는 날이고, 누군가에겐 미지
와 불안의 세계로 떠나는 날이다. 분명 같은 날인데 마음은 극과
극이었다. 세상의 어떤 즐거운 일도 내 마음이 즐겁지 않으면 지
옥이라는 것을 깨달았다. 누군가는 설렘으로 밤잠을 설쳤을 날

에 나는 두려움으로 밤을 샜다. 출발하는 날 아침 공항으로 향하는 새벽 공기는 무겁고 음산했다. 추운 한겨울 새벽은 전혀 매력적이지 않았다.

내 키의 반이나 되는 배낭과 보조가방을 앞뒤로 매고, 뒤뚱뒤뚱 걷는 내 모습이 어색했다. 하얀 피부와 잠이 덜 깬 얼굴은 12킬로그램 배낭과는 전혀 어울리지 않았다. 인천공항에 들어서니 모든 사람이 우리만 쳐다보는 것 같았다. 가방과 마음의 무게가 버겁게 느껴졌다. 누군가는 분명 우리를 부러운 눈으로 바라봤을 텐데 그땐 그 여유를 누릴 수 없었다. 어깨가 벌써부터 아파왔다. 그 와중에 신랑은 역사적인 날을 기념해야 한다며 공항 직원에게 인증샷을 부탁했다. 최고로 신나는 얼굴, 행복한 표정으로 길이 남겨져야 할 인생사진은 가장 딱딱한 사진으로 남게 되었다.

드디어 세계일주의 첫 비행이다.

비행기에서의 불안은 이륙할 때 최고조가 된다. 엄청난 속도로 돌진하는 쇳덩어리가 뜨는 순간, 나는 숨도 멈출 만큼 초긴장 상태가 된다. 땅에서 멀어지는 순간을 창문을 통해 직접 확인해야 한다. 이번에는 방법을 조금 달리 해보기로 했다. 눈을 감고 귀를 막아 회피 전략을 써보기로 했다. 일부러 창가석 대신 복도석으로 달라고 했다. 거대한 엔진소리가 들리지 않으니 조금은 괜찮은 듯하다. 어, 그런데 이상하다. 기체가 이륙하여 안전 궤도에 진입한 후 안전벨트 사인이 꺼지면 극심한 불안은 가라앉곤 했는데 이번엔 다르다. 이륙을 했는데도 나아지지 않았다. 기체가 약간만 흔들려도 손잡이를 잡게 되고, 기내식은커녕 바짝 마른입만 간신히 축이는 상황이었다.

앞으로 겪어야 할 1년이 주는 무게 때문인가. 공포와 불안은 실체가 있는 것이 아니라 심리적인 것이라서 몸이 피곤하거나 마음이 불편할 때 더 크게 느껴졌다. 6시간이 60시간처럼 느껴졌다. 집을 나설 때부터 시작된 긴장과 허기로 에너지는 고갈되었다. 혹시나 했는데 역시나 비행기는 아직 넘어야 할 산이었다. 방콕에서 4시간을 경유하여 치앙마이까지 1시간을 더 가야 했다. 제주로 가는 50분 비행도 힘들어하는 나에게 하루 2번의 비행만큼 강도 높은 훈련은 없었다.

우리, 아이 없이 살자

아이가 있었다면 유대감을
느낄 수 있었을 텐데라는 안타까움,
신랑과 점점 멀어질 것 같다는 불안이 공존했다.
그러나 아이는 핑계였다.
둘의 관계가 불안정하고 신뢰가 형성되지 않은 상태에서
아이가 생길 리 만무했고 설령 생긴다 하더라도
언젠가 터질 수 있는 화산처럼
불안한 가정이 될 게 분명했다.

남들에게는 아무것도 아닌 일이

나에게는 매 순간 긴장의 연속이고,

한계를 시험하는 시간들이었다.

그 순간은 피하고 싶고 힘들지만 지나고 나면

조금씩 조금씩 단단해지는 기분이다.

2장

이제야
보인다.
나란 사람

태국 치앙마이

라오스 루앙프라방

볼리비아 코파카바나

칠레 산티아고

칠레 아타카마

멕시코 칸쿤

열하나,

유리멘탈

세계일주 대망의 첫 일정은 태국 치앙마이에서 시작되었다. 코끼리 체험과 트레킹이 포함된 투어였다. 나를 배려한 난이도 하 수준의 동남아 관광 투어였다. 여행사에서 보낸 밴을 기다리고 있었는데 천막으로 개조한 트럭이 우리를 태우러 왔다.

'이건 또 뭐지?'

비행기도 못 타지만 또 한 가지 취약점은 멀미였다. 집안 내력이고 체질이었다. 차에서 책이나 핸드폰을 보는 것은 상상도 못하고, 조금만 덥거나 컨디션이 안 좋아도 멀미를 했다. 이미 트럭 짐칸에는 외국 여행객들로 만석이었다. 게다가 정면을 바라보는 게 아니라 옆으로 앉아야 했다. 짐칸이 뚫려 있으니 매연이 그대로 들어왔다. 안전벨트는커녕 손잡이도 제대로 없어 온몸으로 춤을 추는 사람들 사이에서 바짝 긴장한 나를 보며 신랑도 표정이 굳었다. 본인이 강력하게 원해서 날 억지로 데리고 온 여행이다 보니 신랑은 출발부터 내 눈치를 볼 수밖에 없었다. 더워, 추워, 멀미 나, 무서워, 불안해, 배고파, 배 아파. 하루도 멀쩡한 날이 없었고 연신 투덜거리는 나를 달래주기 바빴다. 그런 나를 받아줘야 하는 신랑도 무척 힘들었겠지만 그땐 상대방을 배려할 여유가 전혀 없었다. 초점은 온통 나에게 맞춰져 있었다.

역시나 몇 분을 달리니 속이 울렁거렸다. 가방 안에 비닐봉투는 필수품이건만 첫 여행지라 그랬는지 준비가 완벽치 않았다. 필요한 무언가가 없다는 걸 의식하는 순간 긴장의 강도는 세진다. 혹시라도 차에다 실수할까 봐 호흡 조절도 해본다. 상태가 점점 나빠질 때쯤 다행히도 휴게소에 차가 멈추었다. 그 틈에 여행객들이 피워대는 담배에 쳐다보기만 해도 구토가 날 지경이었다. 그들과 나는 어딜 가도 타고난 체질이 달랐다.

코끼리 타기는 반전이었다.

코끼리 등은 생각보다 훨씬 높았다. 뭐 이 정도쯤이야. 평지를 걷던 코끼리를 조련사가 갑자기 내리막길 계곡으로 데리고 간다. 아마 계곡을 건너갈 생각인가 보다. 물살도 세고 바위가 많아 딱 봐도 위험해 보였다. 코끼리가 조금만 발을 헛디뎌도 아

우리, 아이 없이 살자

무런 안전장치 없는 우리는 바위로 고꾸라질 수 있는 상황이었다. 게다가 우리를 태운 놈은 신참 아기코끼리여서 조련사가 꼬챙이로 머리를 쿡쿡 찔러도 말을 듣지 않았다. 고참 코끼리들은 줄지어 얌전히 가는데 이놈만 자꾸 샛길로 빠졌다.

"악! 이건 또 뭐야, 오빠!! 나 내리고 싶어! 여행 시작부터 이게 뭐야! 이거 너무 위험하잖아!!"

바짝 얼어버린 나는 코끼리에서 내릴 때까지 오만 상상을 다하며 애꿎은 신랑을 탓했다. 늘 과도한 상상으로 없는 불안도 만들어내는 게 나의 주특기였다. 하지만 가능성이 아예 없는 상상은 아니었다. 충분히 일어날 수 있는 사고였다. 코끼리를 타고 무섭다고 느낄 줄은 상상도 못했다. 어이없는 웃음만 났다. 돌이켜보면 여행 중 나는 상식을 뛰어넘을 정도로 과도한 불안과 긴장 상태였다. 10살짜리 아이를 군대에 강제로 보낸 셈이었다. 가벼운 몸 풀기를 하려는 참인데, 훈련도 하기 전에 갑자기 겁을 먹은 채 우는 아이. 그게 바로 나였다. 호랑이도, 뱀도 아닌 코끼리를 타고 무서워하는 내 자신이 참 한심했다. 신랑은 내가 무서워할 줄 알면서도 얘기를 안 했다고 했다. 미리 말하면 내가 안 탄다고 할 게 뻔하니까. 현명한 생각이었다. 때로는 모르는 게 약일 때가 있다. 알았으면 얼마나 고민에 빠졌을까.

긴장한 탓에 허기가 졌다. 맛난 점심을 기대했는데 불어터진 비빔국수가 나왔다. 그러려니 하고 꾸역꾸역 먹고 있었다. 물을 나눠주길래 공짜로 먹어도 되는지 물어보기 위해 가이드에게 말을 걸었다. 그런데 신랑이 갑자기 내가 말하는 영어가 틀렸다며 면박을 주었다. 마치 상사가 부하 직원 대하듯 지시하고 가르치려는 그의 행동은 우리의 주된 싸움 소재 중 하나였다. 그냥 넘어가도 될 일을 지적하고 특히 사람들 앞에서 무안을 주는 행동이 너무나 불쾌했다. 갑자기 눈물이 쏟아졌다. 울려고 한 게 아니었는데 순식간의 일이었다.

별일 아닌 듯 웃으며 넘기거나 잔소리 좀 그만하라고 가볍게 얘기하고 넘어갈 일이었다. 여행 온 지 이틀 됐는데 뭐가 그리 서러웠을까? 나도 이해가 가지 않았다. 조금 전까지 멀쩡하던 내가 밥 먹다 말고 고개를 숙인 채 훌쩍대고 있으니 뭔 일인가 싶어 일행들이 힐끔 쳐다보았다. 신랑이 아차 싶어 달래주려 했지만 한번 터진 눈물은 멈추지 않았다. 얼마나 대단한 걸 보고자 여기에 왔는가. 본인 때문에 많은 걸 감수하고 왔는데 영어 좀 틀렸다고 여기까지 와서 무안 주는 신랑이 너무나 야속했다. 내 눈치를 살피는 신랑에게 좀처럼 마음이 풀리지 않았다.

평소에 나보고 남의 눈 의식하지 말고 소신껏 살라고 훈수 두는 남편이 정작 내가 무슨 말만 하면 핀잔이었다. 자꾸만 나를 가르치려 했다. 어렸을 때부터 부모님에게 잔소리를 들어본 적

우리, 아이 없이 살자

이 없던 나는 그런 지적이 익숙하지 않았다. 신랑은 나에 대한 관심을 지적으로 삐딱하게 받아들인다면 더 이상 무슨 말을 할 수 있겠냐면서 속 좁은 나의 탓으로 화살을 돌렸다.

한때 여자의 눈물은 남자를 다루는 강력한 무기라고 생각했다. 마치 어린아이가 말로는 자기 의사를 전달하지 못하고 울어버림으로써 부모에게 동정심을 느끼게 하는 것이다. 어른이 된 지금도 나는 상대방에게 나의 의사를 정확하게 전달하지 못하고 눈물로 감정에 호소하려고 했다. 그러나 더 이상 그것이 무기가 되지 못하고, 나의 나약한 모습만 드러내고 있음을 여행이 끝나갈 무렵에야 깨닫게 되었다.

나는 자존감이 높지 않았다. 원인을 찾지 못했다. 부모에게 충분한 사랑을 받으며 자랐고, 딱히 큰 시련이나 실패도 없었다. 그러나 불안을 자주 느낀다는 건 자기 확신이 없는 것이고, 자기를 존중하는 마음이 약할 수밖에 없다는 걸 알았다. 즉 자존감과 불안은 별개의 문제가 아니라 밀접한 연관이 있던 것이다. 신랑이 가볍게 던지는 말 한마디에도 예민하게 받아들이고 과민 반응했던 이유는 낮은 자존감 때문이었다

열둘,

어쩌다
이렇게 되었을까?

결혼 전까지는 불안의 'ㅂ' 자도 몰랐으나
결혼 후 모든 것이 바뀌었다. 나의 모든 세포가 하나하나 날카롭
게 서 있는 느낌. 무뎌도 될 감각기관까지도 과하게 움직이는 느
낌. 이동 수단, 안전사고, 죽음, 모든 것에 대해 과하게 불안을
느끼는 게 너무 힘들다.

이번엔 프로펠러 비행기 도전이다. 오, 이건 또 뭐야. 어째 좀
불안한데. 몸이 즉각 반응한다. 공항 특유의 냄새에 온몸이 긴장
된다. 비행기 좌석에 앉자마자 안전벨트를 최대한 바짝 당긴다.
이륙하기 위해 비행기가 움직이고 입이 마르기 시작한다. 안전
벨트 사인에 불이 들어오고, 비행기가 활주로를 달리며 속도를
높인다. 아, 죽을 것 같다. 공포감은 극에 달한다. 활주로 끝자락
에서 기체가 뜨지 못하고 추락할 것만 같은 기분에 온몸에 바짝

힘이 들어간다. '바퀴가 접히지 않는 건 아닐까? 엔진에 불이 붙으면 어떡하지?' 또 시작된다. 이미 손발은 차가워지고 비행기가 잘 뜨는지 연신 좌우 창밖을 살핀다. 신랑은 늘 그렇듯 내 손을 잡아준다.

신랑과 어떤 일로 다투고 비행기를 타야 할 때가 있다. 평소라면 절대 먼저 말 걸지 않는 신랑이지만 이런 상황에서만큼은 나를 외면하지 않는다. 겁에 질려 덜덜 떠는 나를 못 본 척하기란 어지간한 강심장 아니면 쉽지 않기 때문이다.

보딩 게이트에 들어갈 때 습관적으로 기장의 표정을 살피며 나이는 어느 정도인지, 컨디션은 좋아 보이는지, 별의별 생각을 다 한다. 기내에 발을 들여놓는 순간 나는 도살장에 끌려가는 한 마리의 소가 된다.

비행기 공포증을 극복하는 방법을 많이도 찾아보았다. 관심을 분산시켜라, 심호흡을 해라, 기장을 믿어라, 비행기의 안전성을 믿어라, 좋아하는 책을 읽어라, 좋았던 순간을 떠올려라 등등. 안타깝게도 나에겐 전혀 도움이 되지 않았다. 불안을 없애려고 애쓰는 것 자체가 불안을 더 키우기 때문이다. 이런 방법은 두려움의 강도가 중급 정도까지는 도움이 될 수도 있을 것이나 나처럼 공포가 엄청난 사람에겐 역효과가 날수도 있다. 조목조목 반박하기 때문이다. 상대적으로 안전한 교통수단이 비행기일 뿐이지 사고율이 0퍼센트는 아니다. 로또 맞을 확률이 낮다는 것과 0퍼센트라는 것은 전혀 다른 이야기지 않는가. 게다가 치사율은 어느 교통수단보다 높다. 추락하면 전원 사망일 확률이 높다. 또한 기장도 사람이라 실수할 수 있다. 기장과 부기장이 이륙 중에 싸웠다는 기사도 읽었다. 기계 오작동도 발생할 수 있고 엔진이 고장날 수도 있다.

비행공포가 중증인 나는 기도에 의지하여 이 끔찍한 시간이 지나기를 기다리는 수밖에 없다. 그동안 갈고 닦은 마음 수련도 해보지만 그러기엔 불안의 파워가 너무 세다. 에라 모르겠다. 이래도 저래도 무서워 죽겠다. 그냥 미친 듯이 떨어보자. 온몸을 불안의 바다에 던져버린다.

30번이 넘도록 비행기를 탔지만 그때마다 너무 힘들었다. 힘들 필요가 없는 일인데, 무언가에 사로잡혀 두려워하는 내 모습이 한심하고 안쓰러웠다. 그러나 여행을 하고 한 가지 깨달은 게 있다. 불안장애를 가진 사람을 이해하게 되었다는 것이다. 분명 힘들었던 시간이 헛되지 않으리란 믿음은 있었다. 그 믿음은 나로 하여금 극도의 무서움을 이겨내고 다시 도전하게 만드는 원동력이다. 이 세상에 100퍼센트 나쁜 일은 없다. 시련은 인간을 성숙시키기 때문이다. 시련의 늪에 빠져 있을 때는 그 시간이 힘들기만 하고 빨리 지나갔으면 좋겠다는 생각을 했다. 그러나 지나고 보니 그 과정이 내 인생에 얼마나 필요한 것이었고, 나를 성장시켰는지 깨달았다.

이제는 힘든 일이 있어도 크게 좌절하거나 감정이 바닥을 칠
만큼 심하게 우울해하지는 않는다. 또 하나를 배우고 성장할 것
임을 알기 때문이다.

열셋,

마음은
육체를 지배한다

태국 빠이에서 다음 목적지인 라오스 루앙 프라방까지의 이동이 만만치 않음을 직감했다. 신랑이 내 눈치를 살피며 조심스럽게 얘길 꺼낸다.

첫 번째 방법은 슬로 보트로 2박 3일에 걸쳐 이동하는 코스였다. 보트에서 바라보는 경치도 좋고, 멀미 날 정도의 배도 아니지만 외국 여행자들이 많아 가는 도중 파티를 많이 한다고 했다. 아, 우리 취향 아니라서 패스.

두 번째 방법은 스피드 보트를 이용해 1박 2일 동안 이동하는 코스다. 문제는 스피드 보트의 좌석이 딱딱한 나무 의자이고 메콩 강의 햇빛을 그대로 안고 가야 한다는 점이다. 외국인들이 좋아하는 태닝도 할 수 있고, 메콩 강도 즐길 수 있으니 일석이조였지만 피부를 보호해야 하는 임무가 있는 나는 패스!

우리, 아이 없이 살자

세 번째 방법은 투어 밴으로 치앙콩까지 10시간을 이동하고 다시 로컬 버스를 타고 10시간을 움직여 다음 날 새벽에 도착하는 일정이다. 정녕 이 방법들밖에 없단 말인가. 이러나저러나 걱정되긴 마찬가지였다.

배는 무조건 제외다. 고생할 게 눈에 선했다. 선택의 여지없이 20시간의 육로 이동을 해내야 한다. 생각만 해도 몸살이 날 것 같았다. 빠이에서 치앙마이까지 꼬부랑 길을 3시간, 다시 치앙콩까지 6시간을 달렸다. 우리나라의 쾌적한 고속버스를 상상한 건 내 잘못이었다. 안전벨트도 없는 봉고차 맨 앞자리에 3명이 붙어 앉아 이리저리 춤추는 몸짓이 우스꽝스러웠다. 이것도 나중엔 추억이 될 거라며 애써 웃어본다.

드디어 국경을 통과하여 라오스에 입성했다. VIP라고 크게 적힌 버스가 온다. 훌륭하다. 이제야 제대로 자면서 가겠군. 멀미 트라우마가 있는 나는 앞자리를 사수하기 위해 12킬로그램 배낭을 메고 단숨에 뛰어 올라탔다. 이건 또 뭐지? 생전 처음 보는 버스였다. 입구부터 답답함이 확 밀려왔다. 일명 슬리핑 버스였다. 한 사람도 제대로 지나갈 수 없을 만큼 좁은 통로에 1층과 2층으로 나뉘어 160도 정도 기울어진 좌석이 빼곡히 놓인 독특한 버스였다. 문제는 좌석 높이가 낮아 무조건 누워서 가야 한다는 점이다. 그나마 창문이 있는 윗좌석은 먼저 타고 온 외국 여행자들로 만석이었고, 남은 자리는 창문이 없고 천고도 낮은 1층뿐이었다.

느낌이 좋지 않다. 버스 안이 너무 답답한 게 느껴졌다. 정원을 2배 초과한 버스에서 느껴지는 불쾌함과 답답함이었다. 제대로 서 있을 수도, 앉아 있을 수도 없고 무조건 누워서 가야만 하는 버스는 예상치 못한 복병이었다. 배낭여행객들의 각종 발 냄새도 나를 괴롭혔다. 사람들은 이런 버스가 마냥 신기한 듯 낄낄대고 난리가 났다. 당장 내리고 싶었다. 화장실이 가고 싶으면 어쩌지? 멀미가 나면? 10시간을 가야 하는데 버스 안에 화장실도 없었다. 이놈의 세계 여행은 전혀 예상하지 못한 다양한 방법으로 나를 훈련시키고 있었다.

라오스 국경에서 루앙프라방으로 가는 길은 거칠기로 악명이 높다. 가는 내내 급커브와 비포장길이고, 직선 도로는 없는 듯했다. 앉아 있을 수 없는 구조 때문에 어정쩡하게 강제로 누워 신랑과 좌로 굴러, 우로 굴러 하느라 10시간 내내 꼬박 새웠다. 위층은 창문이 있지만 아래층은 그마저도 없으니 환장할 노릇이었다. 야간 이동으로 깜깜한 실내도 답답해 죽겠는데 해괴망측한 음악을 나이트클럽인양 틀어대니 겨우 붙들고 있는 정신마저 흔들렸다. 볼륨을 줄여달라는 사람도 없고 화장실 때문에 차를 세워달라는 사람도 없었다. 다들 젊어서인지 머리만 대면 자고 춥지도 않은지 나만 혼자 덜덜 떨고 있었다.

제발 배가 아프지 않기를, 멀미가 나지 않기를, 빨리 10시간

우리, 아이 없이 살자

이 지나가기를 빌었다. 배가 너무 고팠지만 화장실이 가고 싶을까 봐 먹지도 못하니 극기 훈련이 따로 없었다. 밥도 거르며 여행할 줄은 몰랐다. 우리나라 휴게소를 생각한 건 큰 착각이었다. 상상했던 것보다 사회 인프라가 훨씬 더 열악했다. 한참을 가다가 버스가 산 중턱에 멈추면 사람들은 눈치껏 노상방뇨를 했고 기사는 인원 체크도 없이 바로 출발했다. 이럴 땐 여자인 게 불리했다. 아무리 깜깜해도 길 한복판에서 바지를 내릴 수는 없었다. 다시 출발한 버스는 한참을 가다가 새벽녘쯤 깊은 산속에 잠시 멈췄다. 이번에도 안내방송 없이 기사 혼자 내려 어디론가 갔다. 하나둘 내리기에 따라 내리니 아주 허름한 구멍가게 겸 국수집이었다. 기사는 거기서 태연히 국수를 먹고 있었다.

이건 또 뭐야? 자기만 배 채우면 다야? 황당하고 어이없었지만 무지 먹고 싶었다. 저녁을 굶은 우리는 과자라도 사 먹을 생각에 식당 안으로 들어갔으나 기성 상품은 없었다. 비위 약한 사람은 먹지 못할 만큼 허름한 국수집이었다. 그러나 한 끼 굶으면 큰일 나는 줄 아는 나에게 지금 위생을 논한다는 건 사치였다.

기사의 식사가 끝날까 봐 마음이 급했다. 재빠르게 국수 한 그릇을 주문했다. 큰 기대는 안하고 허기만 달랠 생각이었다. 신랑과 나는 앉을 여유도 없이 서서 순식간에 먹어치웠다. 우와. 맛이 기가 막혔다. 국수 안에 뭐가 들어갔는지 보이지도 않았지만 알 필요도 없었다. 한 끼 굶었다고 쳐도 국물이 예술이었다.

그 와중에 화장실이 두려워 마지막 한 입은 남겨놓아야 했다.

우리를 보고 뒤늦게 주문한 다른 여행자들은 버스가 출발하는 바람에 돈만 내고 떠나야 했다. 허기는 달래서 살 것 같은데 먹자마자 다시 좁은 공간에 누우려니 괜히 체하는 기분이었다. 괜히 먹었나? 이것 때문에 멀미하면 어떡하지? 남들은 의식조차 안 하는 것들을 끊임없이 걱정하고 나쁜 일이 일어날 모든 가능성을 상상하니 컨디션이 좋을 수가 없었다.

여행의 묘미는 일상 탈출이다. 단순히 사람 생김이 다르고, 음식이 다른 게 아니라 새로운 환경과 다른 문화를 접하면서 느끼는 즐거움이다. 다소 불편하고 힘든 경험이라도 그것이 나를 확장시키고 돌아보는 계기가 된다. 그것이 패키지여행과는 다른 개인, 그것도 장기 여행의 가장 큰 매력이지만 안타깝게도 당시에 나는 전혀 느낄 수가 없었다.

우여곡절 끝에 라오스 루앙프라방에 도착을 했다. 새벽 4시였다. 역시나 도착 안내방송 없이 운동장 한복판에 차를 세우고는 멀뚱히 서 있는 기사라니. 너무나 고맙게도 미리 예약한 숙소에서 새벽 5시에 체크인을 시켜주었다. 깜깜한 새벽 낯선 길에서 몇 시간을 보냈을 생각을 하니 너무나 다행이었다.

여행은 예측불가한 일의 연속이었다. 씻고 누우니 피곤이 몰려오면서도 하나의 언덕을 넘었다는 뿌듯함이 밀려왔다. 말로만 듣던 20시간의 이동을 해낸 것이다. 스스로 대견했다. 멀미도 안

하고, 배탈도 안 나고 무사히 도착했다. 닥치면 다 해내면서 하기 전엔 너무나 긴장이 되었다. 이상했다. 아무도 나를 괴롭히는 사람이 없는데 나는 왜 이렇게 힘들어하는가. 무엇이 나를 불안하게 만드는지 알 수가 없었다. 스스로 만든 올가미에 들어가 꺼내달라며 애원하는 모습이었다.

나의 불안은 어디서 온 걸까? 내 마음속에 진짜로 두려운 게 무엇일까? 성장기 시절 친구들에게 받았던 상처, 부모와의 관계, 우연히라도 목격한 사고의 기억, 신랑과의 불화. 다양하게 생각해보기로 했다. 분명히 원인이 있을 것이고 개선 방법도 찾을 수 있을 것이다.

몸과 마음은 놀라울 정도로 유기적 관계였다. 건강한 육체에 건강한 정신이 든다고 하지만 마음이 건강해야 몸도 건강해진다 것을 몇 년간의 경험으로 알게 되었다. 몸이 좀 아파도 마음을 편히 가지면 금세 나았다. 엄청난 스트레스는 건강한 남자도 쓰러뜨린다. 30대였던 나에게 쓰나미처럼 몰려온 어지럼증과 공황장애, 불안장애도 그랬다. 이제 나의 스트레스 지표는 어지럼증이 되었다. 신랑과 심하게 싸운 날에는 어지럼증이 재발한다. 예전으로 치면 일종의 화병이었다. 그 천장과 땅이 회전하는 느낌이 너무 공포스러워서 재빠르게 화를 가라앉히고 마음을 편히 가지려고 노력했다. 한번 이석증이 생기면 자주 재발하기 때문에 늘 두려움이 있었다. 이석증의 원인이 되는 스트레스를 받지 않으려다 보니 자연스럽게 마음 수련을 하게 되었다. 욕심을 버리고, 긍정적으로 생각하는 훈련이었다. 완벽주의 성향을 내려놓고 나와 타인의 실수를 인정하고, 세상을 너무 심각하게 살지 않기로 했다. 한때 나를 힘들게 했던 여러 가지 증상들은 나를 건강하게 만드는 계기가 되었으니 그 시간들은 헛되지 않았다. 암과 같은 중한 병은 아니었지만, 나의 삶을 바꿔놓는 큰 전환점이 된 건 확실했다.

열넷.

못 하는 건 없다.
하고 싶지 않을 뿐

　　신랑에게 이곳은 학창 시절 커피숍 성냥갑
에 그려진 푸른 호수에 대한 동경이었다. 그러나 나에게 이곳은
또 하나의 극복해야 할 장애물에 불과했다.

　　볼리비아 티티카카 호수. 해발 3,800미터에 위치한 세계에서
가장 높은 호수다. 경치가 예술이라는 태양의 섬은 티티카카 호
수의 36개 섬 중 하나로 약 2시간 이상 보트를 타고 가야 한다.
생긴 것만 멀쩡했지 시동을 거는 순간 시커먼 매연이 선실 안으
로 밀려들어왔다. 선실의 창문은 열 수가 없어 2시간이 넘도록
들어오는 매연에 이미 몇몇은 멀미로 고생하고 있었다. 보통은
파도 때문에 멀미가 나지만 이 보트는 매연이 사람을 잡는다. 배
의 속도는 과장 조금 보태면 걸어가는 것보다 느리다. 울릉도 뱃
멀미 사건 이후 배를 다시 타면 성을 간다고 했는데 벌써 성을

여러 번 바꿨다.

배나 버스에 화장실이 있고 없고에 따라 긴장도가 다르다. 이 배는 화장실은커녕 창문도 없으니 멀미하기 최적의 조건이었다. 마스크로 1차 방어를 하고, 상대적으로 움직임이 덜한 뒷좌석에 앉아본다. 여차하면 이 아름다운 호수에 먹은 것을 확인해야 하는 상황도 고려한다.

호흡 조절과 기도로 할 수 있는 최선을 다해본다. 하늘이 감동했는지 뱃멀미 트라우마를 극복하고 무사히 섬에 도착했다. 남들에게는 아무것도 아닌 일이 나에게는 매 순간 긴장의 연속이고, 한계를 시험하는 시간들이었다. 그 순간은 피하고 싶고 힘들지만 지나고 나면 조금씩 조금씩 단단해지는 기분이다.

태양의 섬은 북섬에서 내려 남섬까지 4시간의 트레킹을 즐긴 다음 배를 타고 다시 코파카바나로 돌아오는 코스가 일반적이나 좀 더 여유 있는 시간을 갖기로 하고 1박을 결정했다.

심한 생리통으로 일정에 차질이 생길까 봐 걱정을 했으나 다행히 어제부터 컨디션이 좋아진다. 너무나 아름다운 풍경을 보니 몸이 저절로 치유가 되는 듯하다. 우유니 사막과 태양의 섬 트레킹이 워낙 힘들다는 얘기가 많아서 겁을 먹고 있었다. 그러나 여러 고산 지역을 거치며 고산도 완벽히 적응했고, 생리통도 가라앉으니 몸 상태가 놀랄 만큼 가볍다. 우리는 눈앞에 펼쳐진 바다 같은 호수의 아름다움에 쉽게 입을 다물지 못한다. 두통과

우리, 아이 없이 살자

어지럼은 없지만 역시 고산 지역이라 조금만 걸으면 숨이 찬다. 언덕에 강한 내가 최상의 컨디션으로 신랑을 리드해나가자 헉헉 거리며 따라온다. 예전의 겁쟁이가 더 이상 아니다! 갑자기 씩 씩해진 나를 보는 눈빛이 마치 히말라야의 엄홍길 대장을 보는 듯하다. 숨이 가빠 헉헉거리지만 세상에서 가장 높은 호수를 발 아래로 내려다보는 기분은 어떤 미사여구를 붙여도 설명하기 힘 들다. 안데스의 알티플라노 설산이 호수 건너 볼리비아의 행정 수도 라파즈까지 이어지고 그 반대편으로 페루가 보인다.

남섬에서 1박을 하기로 하면서 마음의 여유가 생겨서일까? 인적이 없는 길로 신랑은 나를 데려가며 그 길이 맞다고 우긴다. 섬의 가운데 방향으로 가야 하는데 가면 갈수록 섬의 끝부분이 나타난다. 길은 점점 가파르고, 사람의 흔적이 보이지 않는 험한 수풀과 돌밭이 나온다. 느낌이 싸하다. 신랑은 크지도 않은 섬에 서 길을 잃으면 얼마나 잃겠느냐며 섬을 한 바퀴 둘러 가면 된다 는 말도 안 되는 논리를 펼친다. 난 이미 길을 잘못 들었다는 걸 알면서도 신랑과 싸우기 싫어 묵묵히 그를 따라간다. 고산에서 1시간 이상을 더 걷기란 힘든 일이다. 이미 2시간 동안 쉬지 않 고 고산의 땡볕 아래서 걸은 상태라 휴식이 필요한 타이밍에 길 을 잃었으니 마음이 바쁘고 체력이 떨어진다. 머나먼 타국 외진 섬, 사람이라곤 보이지 않는 곳에서 다시 길을 찾아 사람의 흔적 을 발견할 때까지의 긴장감은 생존이라는 단어마저 떠올리게 한다. 온갖 원망을 다 들은 신랑은 기가 꺾였다. 이제부터 이곳은 내가 접수한다. 나의 엄대장 코스프레가 시작되었다.

당일로 왔다 가는 사람들이 많아서인지 남섬으로 가는 2번째 마을 입장료(각 마을을 통과하기 위해서 3번의 입장료를 내야 한다)를 지불하고부터는 주위에 사람이 없다. 뿐만 아니라 어떠한 소음도 없다. 단지 나의 숨소리와 바람 소리만이 주위를 감돈다. 완전한 침묵이란 이런 것일까? 헐떡이던 숨을 잠시 고르고 귀를 기울여봐도 잔잔히 지나가는 바람 소리 말고는 어떠한 소리도 들리지 않는다. 경이로운 호수뿐 아니라 태양의 섬이 주는 선물은 어쩌면 다른 곳에서 경험할 수 없는 이러한 깊고 맑은 무음의 화음이 아닐까.

아마도 태초의 지구에는 이러한 소리만이 있었으리라. 뭔가 특별한 곳을 발견한 것같은 흐뭇함에 서로 간격을 두고 걸으며 적막함을 마음껏 느껴본다. 몇 시간의 트레킹으로 몸은 피곤하지만 정신은 놀랍도록 맑아진다. 언제 또 올 수 있을지 모르는 소중한 곳에 우리는 지금 서 있다.

완벽주의, 안전주의, 도전정신 제로. 남과 내 실수에 너그럽지 못하고 위험한 일은 절대 하지 않는 성향으로 인해 내 인생은 커다란 실패는 없었지만 큰 성취감도 없었다. 실패가 두렵고, 호기심도 없었고, 무엇보다 이루고 싶은 목표가 없었다.

세계 여행은 나의 부족한 모습들을 바꿀 수 있는 최상의 방법

우리, 아이 없이 살자

이었다. 매 순간이 모험이고, 도전이었다. 예측할 수 없는 위험에 노출되기도 했다. 부딪치고 깨질 때는 아팠다. 그러나 더 아름답게 빚어지기 위해서는 깨져야 했다. 쥐고 있던 내 모습을 내려놓자 신기하게도 자신감이 생겼다. 그 자신감으로 하나둘씩 경험해나가니 성취감도 느꼈다. 다른 것도 도전해보고 싶은 욕심이 생겼다. 긍정의 에너지가 선순환이 되어 돌고 있었다. 계기가 없어서, 실패가 두려워서 하고 싶지 않을 뿐 못하는 게 아니었다. 여행 전 나를 두렵게 했던 고산이라는 단어가 이제는 아름다운 추억으로 내 마음에 저장되고 있었다. 난 조금씩 단단해지고 풍요로워지고 있었다.

아무도 나를 괴롭히는 사람이 없는데

나는 왜 이렇게 힘들어하는가.

무엇이 나를 불안하게 만드는지 알 수가 없었다.

세계 여행은 나의 부족한 모습들을

바꿀 수 있는 최상의 방법이었다.

매 순간이 모험이고, 도전이었다.

예측할 수 없는 위험에 노출되기도 했다.

부딪치고 깨질 때는 아팠다.

그러나 더 아름답게 빚어지기 위해서는 깨져야 했다.

열다섯.

불안이 없어지지
않았던 이유

여행 한 달째. 11개월이나 남았다는 부담감이 가끔씩 마음을 짓누른다. 주어진 하루에만 집중하자고 마음을 다잡는다. 상사 눈치 보며 어렵게 얻어낸 10일의 휴가. 1분 1초가 아까워 아침부터 밤까지 최선을 다해 즐긴다. 알록달록 원피스, 폼 나는 트렁크 가방, 챙 넓은 모자 이것이 내가 알고 있던 여행이다. 그러나 지금 초경량 기능성 등산복, 7장의 면 팬티, 두툼한 침낭이 나의 가방을 채우고 있다.

바쁠 때 짬 내서 읽는 책과, 몇날 며칠 책만 읽을 때의 집중도가 다르듯 1년의 여행도 자칫하면 매너리즘에 빠질 수 있다. 장기 여행자들에게 "일하듯 여행하라."는 말이 있다. 5일은 열심히 여행하고, 2일은 온전히 쉬라는 의미다. 여행도 매일 하면 타성에 젖거나 지치기 때문에 강약을 조절해야 집중할 수 있다.

우리, 아이 없이 살자

시간이 흐를수록 비행기 공포는 점점 커지고 있었다. 종교를 갖고 믿음으로 기도를 하면 마음이 편안해진다는데 왜 불안이 더해갈까? 이해가 되지 않았다. 비행기를 타는 횟수가 많아질수록 자신감은커녕 두려움이 커져만 갔다. 신랑은 이런 나를 보며 이해할 수 없다는 눈빛을 보내지만 워낙 심하게 긴장하는 내 모습에 말없이 손만 잡아준다.

극도로 불안이 올 때마다 비행기가 너무 흔들리는 것 같지 않느냐, 엔진소리가 이상하지 않느냐 등 똑같은 질문을 반복적으로 해대는 나에게 신랑은 한 번도 짜증내지 않고 답을 해주었다. 그런 신랑이 고맙기도 했지만 바보 같은 내 모습이 안타까웠다. 유독 비행기 공포가 극복되지 않는 게 답답했다.

3년 전 게스트하우스 손님으로 처음 알게 된 조앤.

몇 마디에서도 느껴지는 깐깐함과 종교색 강한 40대 여자 손님이었다. 리셉션에 올 때마다 그녀의 쏟아지는 질문과 종교적 이야기에 살짝 부담스러운 손님으로 기억되었다. 우리의 세계일주 소식을 들은 그녀는 너무나 적극적으로 꼭 만나러 오라고 했고, 기대하지 않은 초대에 우리는 일정을 바꿔 말레이시아 페낭으로 향했다.

몇 년 만에 다시 만나니 너무나 반갑고 의외로 얘기도 잘 통했다. 믿음이 깊었던 그녀에게는 내 문제를 상의해도 좋을 것 같아 털어놓으니 뜻밖의 이야기를 해주었다. 바라는 기도를 하지 말고, 받아들이는 기도를 하라는 것이었다. 선뜻 이해가 가지 않았다. '건강하게 해주세요.'가 아니라 '아픈 걸 잘 견디게 해주세요.' '대학에 붙게 해주세요.'가 아니라 '실력발휘 잘할 수 있게 해주세요.'라고 기도해야 한다는 것이다. 조앤은 나에게 솔직하게 마음을 들여다보라고 했다.

뉴스에 큰 사고 기사를 봤다고 가정하자. 안타까워하겠지만 그 순간뿐이다. 그 일이 나에게 일어나지 않았음에 안도하며 나에게 그런 일은 일어나지 않을 거라고 믿는다. 그러다 갑자기 불행이 닥치면 왜 하필 나에게 이런 일이 일어났는지 하늘을 원망할 것이다. 그렇게도 간절히 기도했는데 더 보살펴주기는커녕 불행을 안겨주는 배신자로 변할까 봐 두려운 것이다. 그녀의 얘기가 맞았다. 불안할 때마다 간절히 기도하며 하나님에게 의지했던 나에게 어떤 사고가 일어난다면 믿음이 깨질까 봐 두려웠던 것이다. 종교는 그 사람의 가치이자 철학이기 때문에 믿음이 흔들린다는 것은 한 사람의 모든 것이 흔들리는 것과 같기 때문이다.

"하느님! 세상의 나쁜 사람들이 얼마나 많은데 그들을 놔두시고, 어떻게 저에게 이러실 수가 있나요? 제가 뭘 그리 잘못 살았다고 이러시나요?

내 솔직한 마음이었다. 그러자 조앤은 나에게 물었다. 왜 나쁜 일은 너에게 일어나서는 안 되느냐고.

나는 대답했다.

"나는 하느님을 믿기에 부끄럽지 않게 살려고 노력해왔어. 흔히 일어나는 교통사고도 아니고 만약 비행기 사고가 나에게 일어난다면 난 너무 억울할 거 같아. 세상에 못된 사람도 많은데, 왜 하필 나여야 하는지 받아들이기 힘들 것 같아. 내가 믿었던 절대적 존재를 부정해야 하잖아. 믿었던 사람에게는 배신당할 수 있어도 그는 인간이 아닌 신이잖아, 그게 너무 두려워."

조앤도 강박증과 비행공포가 있었다고 했다. 이미 나보다 먼저 많은 마음공부를 한 듯 보였다.

"네 말은 충분히 이해 가. 나도 똑같은 생각을 했으니까. 내가 2가지 설명을 해줄게. 첫째, 인간의 세상은 희로애락이 있을 수밖에 없어, 그건 알지? 그럼 나에게도 누구에게라도 슬픈 일이건 나쁜 일이건 모두 일어날 수 있는 거야. 나는 안 되고 남은 된다는 생각은 너무 이기적이지 않을까?

두 번째는 세상의 기준으로 보는 좋은 일과 네가 믿는 신이 생각하는 좋은 일은 다르다는 거야. 너의 개인적 삶에는 불행한 일일 수 있지만 그 일이 일어나야만 하는 더 큰 뜻이 있는 거지. 어떤 힘든 일이 닥쳤을 때 당장은 억울하게 느껴지겠지만 나중에 보면 나를 성장시켰던 경험이 있을 거야.

무언가를 달라고 조르는 기도 말고, 주어진 일을 잘 받아들이게 해달라는 기도를 했을 때 진정한 마음의 평안이 오더라구. 쉽진 않겠지만 만약 너에게 비행기 사고가 일어난다 해도 고통 없이 죽게 됨을 감사할 수 있는 기도가 바람직하겠지. 어차피 누군가에겐 일어날 사고인데 나만 살려달라는 건 이기적인 게 아닐까?"

한동안 멍했다. 기도를 하면서도 불안이 없어지지 않은 이유였다. 갑자기 신랑이 예전에 비행기에서 벌벌 떠는 내게 한 말이 생각났다. 죽는 게 뭐가 그리 무섭느냐고. 남들은 병에 걸려 몇 년씩 고생하다 죽는데 비행기 사고가 나면 고통 없이 죽으니 다행인 거지, 넌 뭐가 그리 삶의 애착이 많으냐고. 소름이 돋았다. 신랑이 신앙심 있는 사람이라 한 얘기는 결코 아니겠지만 조앤의 이야기와 놀랄 정도로 똑같았다. 진짜로 신랑은 죽음을 크게 두려워하지 않았다. 자식이 없으니 삶의 애착이 없는 거라며 그런 말을 하는 그에게 서운한 마음이 들었는데 지금 와서 생각하니 틀린 말이 아니었다. 예전 같으면 종교색 강한 이야기에 거부감부터 들었겠지만 공황장애 이후 믿음을 갖게 되면서 의학적인 어떤 분석보다도 그녀의 이야기가 와닿았다.

그 이후 비행기를 탈 때마다 조앤이 해준 말을 되뇌었다. 강한 불안이 한순간에 없어지진 않았지만 답답했던 마음이 한결 풀렸다. 기분 탓인지 인도네시아로 향하는 비행기에서는 불안의 기운이 살짝 줄어드는 느낌이었다. 불안은 내가 만들어낸 부정적 에너지이기 때문에 다분히 주관적이며, 그 밑바닥에는 죽음에 대한 두려움이 깔려 있다고 전문가가 말했다. 쉽진 않겠지만 죽음에 대한 두려움을 조금씩 줄여나가면서 불안도 자연스럽게 극복되도록 노력해보기로 했다. 어쩌면 불안을 없애려고 하는 노력이 더욱 불안을 키우는 게 아니었을까. 어떻게 하면 불안한 마음을 진정시킬지, 원인이 무엇인지 끊임없이 생각했다.

그럴수록 더 불안했다. 마치 싫은 사람을 자꾸만 떠올리며 흉보는 것과 같았다. 싫어한다면서 왜 귀중한 시간과 에너지를 쓰는가? 진짜 싫으면 무관심해져야 맞지 않는가. 가장 무서운 게 무관심이기 때문이다. 노출 훈련보다 더 중요한 건 불안을 없애려는 노력을 멈추는 것이다. 무언가를 떼어내려 할수록 달라 붙는 게 이치다. 불안이 오면 그냥 내버려두기로 했다. 싸우려고 하지 말고, 분석하지 않기로 했다. 불안의 기운이 다가오면 무관심으로 대하되 있는 그대로 느끼자.

'너 또 왔구나. 그래 혼자 놀다가 가거라.'

별 반응을 보이지 않는 나에게 흥미를 잃은 불안이 슬그머니 내 곁을 떠날 수도 있기 때문이다. 아직 비행기는 힘들다. 그러나 더 이상 나의 발목을 붙잡지는 못할 것이다.

열여섯.

이 좋은 풍경들 앞에서
나는 우울하다

여행 준비를 하면서 남미의 매력에 빠진 신랑은 4개월간의 세부 일정과 정보 파악을 위해 산티아고에 있는 아파트를 빌렸다. 산티아고는 오피스텔 형태의 건물을 숙소로 운영하는 곳이 많아 물가 비싼 칠레에서 밥을 해먹을 수 있어서 좋다. 산티아고 시내 중심에는 중앙 시장이 있어서 싼 가격에 신선한 해산물을 살 수 있고, 멀지 않은 베가 시장에서는 저렴한 과일도 판다. 오피스텔에 도착한 첫날 신랑은 꿈에 그리던 남미에 왔다는 흥분을 주체하지 못하고 밤새 음악을 틀어놓으며 와인에 취하고 분위기에 취했다.

다른 방에서 남미 여행 사이트에 올라온 사건사고를 빠짐없이 읽고 있던 나는 막연했던 남미에 대한 불안을 최고조로 끌어올리고 있었다. 한국에서 여행 가이드 북 한 줄 읽지 않고 왔기에 본격적으로 남미에 대한 정보 파악에 나섰으나 내 시선을 잡은 건 여행 정보가 아닌 각종 사건사고 기사였다. 나에게 일어날 최악의 사건들로 극적인 드라마를 만들어내면서 얼굴은 점점 사색이 되었다.

내가 어떤 상태인지 안중에도 없는 신랑은 노래까지 불러대며 미움의 무덤을 파고 있었다. 함께 있지만 외로웠다. 이 울적함을 아무도 달래줄 수 없었다. 돌아갈 수 없는 아주 먼 곳으로 유배당해 온 기분. 이 숙소만 나가면 범죄자들로 득시글거릴 것만 같고, 모든 사람이 나만 쳐다볼 것 같았다. 숙소만이 안전한 은신처였다.

아침에서야 내가 울고 있는 걸 본 신랑은 황당해했다. 그에게는 인생 최고의 순간이라는 걸 알면서도 그 흥을 함께 하지 못하는 나 자신을 나도 어쩌할 수 없었다. 왜 이렇게 두려움에서 허우적거리는지 이해가 가지 않았다. 신랑에겐 미안했고, 나에겐 안타깝고 슬펐다. 그런 나를 신랑은 억지로 끌고 나갔다.

누가 건드리기라도 할까 봐 앞으로 멘 가방을 두 손으로 껴안고, 최고 수준의 경계 태세를 갖추었다. 누가 나를 쳐다보기만 해도 날카로운 눈빛을 쏘아댔고, 휴전선을 지키는 군인처럼 얼굴은 잔뜩 굳어 있었다. 남미는 위험한 나라, 한국과 가장 멀리 떨어진 나라일 뿐이었다. 심리적 거리 때문일까? 남미의 공기는 무게부터 달랐다. 이젠 집이 그리워도 잠시 갔다 올 수 있다는 희망도 사라졌다. 누군가는 인생 최고의 자유와 즐거움에 풍류를 즐기고 있는데 누군가는 마음의 감옥에서 떨고 있으니 안타까운 일이었다.

성당에서 기도를 하고, 길거리에 펼쳐지는 탱고를 구경하니 경직됐던 마음이 조금은 풀렸다. 아르마스 광장에는 많은 관광객이 있지만 DSLR 카메라를 들고 있는 사람은 아무도 없다. "역시 치안이 안 좋은 거야. 조심해야 해." 다시 한 번 가방을 움켜쥐고 경계 태세에 들어간다. 산티아고를 한눈에 볼 수 있는 산크리스토발 언덕에 오르니 아래 펼쳐진 전경이 아름답다. 스페인 요새로 쓰였다는 이곳을 올라오는 길에는 여러 개의 십자가가 세워져 있다. 마음이 괜히 편안해진다. 커플이 유독 눈에 띈다. 그래, 사람 사는 거 다 똑같을 거야. 너무 겁먹지 말자.

산티아고 마지막 날 다음 목적지인 푸콘으로 가기 위해 터미널로 향했다. 어째서 관광객은 1명도 보이지 않고 온통 도둑놈처럼 보이는 현지인들로 바글거린다. 잠시 화장실 간 신랑을 놓칠까 봐 차렷 자세로 화장실만 뚫어지게 본다.

배는 고픈데 터미널에는 전혀 먹고 싶지 않은 비주얼의 닭튀김과 샌드위치뿐이다. 울적할 땐 매콤한 국물이 딱인데. 얼큰한 김치찌개면 마음도 풀릴 것 같은데. 사람들 눈에 띄기 싫어 버스 터미널 한구석에 자리를 잡았다. 남미에 온 지 5일이 지나도록 침울해 있는 나를 보고 신랑이 참다못해 한소리 한다. 나는 기다렸다는 듯이 참았던 눈물을 쏟아낸다.

"나도 내가 왜 이러는지 모르겠어. 그냥 신이 안 나. 다들 내 가방만 노리는 것 같아 위축되고 우울해." 이제 와서 생각하면 신랑도 참 힘들었을 것이다. 애기도 아니고 남편하고 같이 있는데 뭐가 자꾸 무섭다고 징징거리니 말이다. 말은 차마 못했지만 정신병이 따로 없구나, 했을 것이다.

난생처음 2층 버스를 탔다. 그 높이에 또다시 긴장을 한다. 5 살짜리 아이도 좋아서 폴짝 뛰는 2층 버스가 나는 왜 그리 무섭게 느껴졌을까. 모든 감각세포가 날카롭게 서 있는 느낌이었다. 전혀 무서울 일이 아닌데도 겁을 먹었다. 과도한 불안장애였다. 불과 며칠 후 여행에 완벽하게 적응한 내가 24시간을 타고 즐겼던 그 2층 버스였다.

나의 자발적 선택으로 시작한 여행이라면 이 정도까지 불안을 느끼지 않았을 것이다. 보이지 않는 어떤 힘에 의해 끌려가는 삶, 어쩔 수 없이 해야만 하는 환경에서 불안 에너지도 생기는 것 같았다. 내가 의지를 갖고 할 때는 긴장은 다소 될 수 있으나 과도한 불안이나 두려움은 없었다. 수동적 삶과 능동적 삶은 한 끗 차이였지만 그 결과는 너무나 달랐다.

우리, 아이 없이 살자

뭐가 그렇게 다
두렵고 불안했을까?

여행을 하기 전 두려웠던 것 중 하나는 고산병이었다. 왜 남미의 절경은 모두 고산에 있는 건지. 살면서 한 번도 겪을 일이 없을, 미지의 세계에 대한 두려움이었다. 고산병 증상 중 하나인 어지럼증과 구토는 이미 이석증으로 트라우마까지 생길 지경이었다. 고산병은 히말라야를 오르는 전문 산악인을 괴롭히는 장애물이 아니었는가. 티티카카 호수, 마추픽추, 69호수, 우유니 사막. 모두들 몸값이 높은 만큼 비싸게 군다.

여행 100일째, 그리도 더디 가던 시간이 빠르게 느껴지는 걸 보니 이제야 적응이 되는가 보다. 마음의 여유가 생기니 남미의 아름다움이 사정없이 눈에 들어온다.

아르헨티나 살타에서 볼리비아 우유니 사막을 가기 위해서는 칠레 아타카마를 들러야 한다. 아타카마는 세상에서 가장 건

조한 사막으로 유명하다. 여전히 여행지에 대한 예습을 하지 않는 나는 아무 생각 없이 버스를 탔다. 출발한 지 얼마 되지 않아 꼬불꼬불 엄청난 높이의 산을 오르기 시작했다. 이제껏 보지 못한 엄청난 높이의 산길이었다. 버스 옆으로는 한길 낭떠러지다. '어… 도대체 어디까지 올라가는 거야?' 살짝 긴장이 된다. 갑자기 신랑이 심장을 쥐어짜는 듯한 통증을 호소하며 숨이 안 쉬어진다고 했다. 느낌이 싸해 고도 앱을 켜보니 헉! 5,000미터에 육박한다. "오빠 뭐야!! 여기 고산이야?? 왜 미리 얘기 안했어? 우리 약 안 먹었는데 어떡해!" 신랑도 몹시 당황했다. "뭐야 이거. 앱이 고장인가? 벌써부터 이렇게 높다구? 괜찮아. 곧 내려갈 거야." 신랑은 고산 지역을 잠시 지나가는 길쯤으로 생각하고 고산약을 짐칸에 넣었다고 했다. 그러나 아르헨티나와 칠레 국경을 통과하여 한참을 달려도 고도가 4,000미터에서 내려오질 않는다. 게다가 10시간을 예상했던 이동 시간이 국경통과 절차로 인해 12시간 가까이 걸리고 있다. 호흡 곤란과 두통으로 신랑은 이미 기진맥진이다. 이상하리만치 아무런 증상이 없던 나는 아픈 신랑을 다독이고 있었다. 그러나 나 역시 도착 2시간을 남겨두고 깨질 듯한 두통과 멀미로 공격을 당했다. 서울에서부터 나를 두려움에 떨게 했던 고산병의 실체를 마주하는 순간이었다.

칠레와 볼리비아의 국경에 위치한 아타카마는 우유니 사막을 횡단하여 볼리비아로 넘어가기 위한 거점 도시다. 낮에는 숨 쉬기 힘들 정도의 뜨거운 햇살과 건조함으로 나가기 두렵지만, 밤만 되면 덜덜 떨릴 만큼 기온차가 큰 것도 사막의 특징이다.

그날 밤 고산병으로 녹초가 된 나는 난방이 되지 않는 숙소와 찬물 샤워로 또 한번 눈물을 흘리며 추운 밤을 보내야만 했다. 코피는 흘렸지만 나를 두렵게 했던 괴물과 싸워 승리한 쾌감을 느꼈다. 고산병이 어떤 것인지 실체를 알려고 하기보다는 막연한 두려움만 키워왔었다. 그러나 내가 상상했던 괴물은 내 발을 깨무는 왕개미 같은 존재였다. 아프지만 감당할 수 있는 딱 그 정도였다. 또 하나의 장애물을 넘었다. 어차피 맞을 매, 아프지만 속 시원했다.

오후 4시에 출발하여 석양을 보고 오는 '달의 계곡' 투어를 신청했다. 가다 보니 여기까지 자전거로 오는 타국 여행자들이 많이 보인다. 고도 2,600미터의 뜨겁게 달궈진 사막을 헉헉거리며 오르는 것만 봐도 숨이 막힌다. 석양이 지는 달의 계곡을 가는 도중 아타카마 사막 두세 곳을 잠시 들른다. TV에서나 본 사막이 눈앞에 펼쳐진다. 그 황량함과 광활함에 살짝 위축되기도 하지만 인간의 손이 닿지 않은 날것의 자연은 언제나 경이롭다. 뜨거운 햇빛과 건조함은 상상 이상이어서 피부가 바짝 마른 종이처럼 바스락거렸다. 내 눈이 닿는 곳까지 끝을 알 수 없는 사막과 거친 공기 안에서 인간의 치열한 삶과 고민이 어쩌면 저 티끌

만한 모래일 수 있다는 생각이 든다.

두려움의 실체는 상상보다 훨씬 약했다. 세수할 때 문득 내 뒤에 누가 서 있는 기분이 들 때가 있다. 그럴 땐 무서워서 안 보는 것보다는 확 뒤돌아서 확인을 했다. 그래야 덜 무섭기 때문이다. 두려움과 불안은 상상할 때 극대화되었다. 직접 부딪쳐보는 게 중요한 이유가 여기 있었다.

엄청난 높이의 고산을 미리 알았더라면 몸 고생은 덜했겠지만 버스 타는 순간부터 엄청나게 긴장했을 것이다. 수시로 고도를 체크하면서 겁을 먹었을 테고 당연히 컨디션은 점점 나빠질 확률이 높았다. 전혀 의식하지 못했기에 그나마 2시간만 고생스러웠다고 생각했다.

바다의 석양만 아름다운 줄 알았다. 사막의 그것은 머릿속에 그려지지 않았다. 너무나 아름다웠다. 황량한 사막에 펼쳐지는 붉은 노을은 고산을 지나는 고생을 단번에 날려주는 완벽한 선물이었다.

사막에도 길은 있다. 어디로 향해 있는지 정확하게 몰라도 그 길의 끝에는 결과가 있을 것이다. 어떤 길은 사막을 질러 푸른 생물과 오아시스에 닿았을 것이고, 어떤 길은 척박한 사막의 중간에서 없어지기도 하며, 끊어진 길을 희미하게 이어 넓은 세상으로 나아가는 길도 있을 것이다.

지금 내가 걷고 있는 이 길은 어떤 길일까? 누군가의 첫 발자

국부터 시작된 이 길을 걸으며 문득 히말라야 영화에서 엄홍길 대장역을 맡은 황정민의 대사가 떠오른다.

"등반이란 길이 없으면 만들어가는 것이고, 그렇게 만들어진 길은 또 다른 사람에게는 루트가 되는 것이다."

여행이 끝나면 어떤 길을 걷게 될까 문득 궁금해진다.

나는 너에게,
너는 나에게 화를 낸다

한국에서 반가운 손님이 찾아왔다. 비행기를 놓쳐 꼬박 3일에 걸쳐 멕시코까지 온 신랑의 둘도 없는 후배다. 총각 시절 매일 밤을 술로 함께하던 사이라 6개월 만의 만남이 무척 반가운가 보다. 휴가까지 내고 멀리 와주는 우정이 부러웠다.

칸쿤은 유럽 대륙으로 이동하기 전 마지막 도시이자 유명 관광지였다. 신혼여행으로 왔다면 프라이빗 비치를 끼고 있는 고급 호텔에서 푹 쉬다 가기 딱 좋은 곳이나 우리 같은 장기여행자에겐 그림의 떡이었다. 많은 블로그에서 'all inclusive(숙박과 식사를 포함한 호텔 상품)'가 저렴한 가격에 나왔다고 해서 열심히 찾아봤으나 몇 년 새 크게 오른 가격에 씁쓸함을 느끼며 빠르게 포기했다. 상대적으로 숙소가 저렴한 다운타운 지역에 아파트를 빌리고 호텔존은 구경만 하는 것으로 만족해야 했다.

오랜만에 맛있는 저녁을 준비하며 새로운 멤버가 합류하여 분위기는 한껏 들떠 있다. 웃자고 한 나의 얘기에 갑자기 신랑이 성질을 내더니 분위기를 한순간에 깨버린다. 싸우자고 꺼낸 얘기가 아닌데 개인적 비난으로 받아들인 것이다. 순식간에 싸해진 분위기로 너무 당황한 나는 어쩔 줄 몰라 2층으로 올라와버렸다. 너무나 어이없는 상황에 얼굴이 화끈거렸다.

지금은 둘만 있는 게 아니다. 어떻게 다른 사람 앞에서 그렇게 무안을 줄 수 있는지 화가 났다. 화기애애한 분위기는 깨지고 각자의 방으로 돌아갔고, 이 일로 인해 다음 날 일정까지 차질이 생겼다. 나는 나대로 불쾌해서 여행에 집중할 수 없었고 신랑은 후배와 숙소에서 술만 마셨다. 무엇인가 쌓인 게 있지 않으면 그렇게 화낼 수 없을 거란 생각이 들자 더 이해되지 않았다. 도대체 어떤 불만이 쌓여서 이렇게 폭발을 하는지 답답했다.

신랑과 살면서 힘든 것 중 하나는 그의 화내는 모습이었다. 아무 일 없이 잘 지내는 듯하다가 어떤 일로 다툼이 되면 그 화를 벼르고 있다가 내가 던진 조그만 불씨로 분노를 폭발시키는 화약 같았다. 나는 그 정도로 화를 낼 일이 아니라고 생각했으니, 분노에 찬 그의 모습에 마음의 상처는 물론이고 모욕감까지 들었다.

예전엔 그 이유를 알아내려고 계속 대화를 시도했으나 오히려 역효과가 났다. 그 이후로는 건드리면 더 폭발할 것임을 알기 때문에 더 이상 깊이 파고들지 않았다.

어렸을 때부터 싸우는걸 싫어하는 소심하고 여린 성격 때문에 상처도 잘 받았다. 신랑과 싸우면 상대에 대한 비판도 하지만 동시에 나를 되돌아보기도 했다. 개인적 성향이 강하고 참을성이 부족한 내 성격을 알기 때문에 당연히 내 잘못이 클 거라고 생각했다. 내가 실수한 것은 무엇인지, 어떻게 개선해야 하는지 고민하고 신랑에게 사과했다. 그러다 보니 언쟁이 있을 때마다 늘 잘못은 나에게만 있는 것처럼 치부되었고 억울한 생각이 들었다.

노력은 하는데 관계가 좋아지지는 않고, 내가 먼저 사과하지 않으면 절대 다가오지 않는 신랑의 차가운 모습에 상처를 받았다. 당연히 자존감도 낮아졌다. 열심히 일하고 알뜰하게 살림한 것밖에 없다고 생각하고 있는데 나로 인해 자꾸 갈등이 생긴다고 하니 억울한 감정이 쌓여갔다.

이유도 모르면서 갈등이 싫어서 무조건 미안하다고 했던 것을 어느 순간 멈췄다. 곰곰이 생각해본 다음 내가 잘못한 게 없다고 생각이 들면 신랑이 먼저 말을 걸어올 때까지 기다렸다. 신랑이 미안하다고 하면 당연히 풀 마음은 있었다. 그의 화를 표현하는 방법에 대해 한번쯤은 심각하게 이야기를 나눠봐야겠다고 결심했다. 내가 감당할 수 없는 분노 표출은 심각한 문제라는 것

우리, 아이 없이 살자

을 알려줘야 했다. 신랑도 자신의 행동을 돌아볼 수 있는 기회를 주고 싶었다.

그 자리에서 잘잘못을 따지기보다 상대에게도 생각할 시간을 주는 것이 중요하는 것을 알았다. 부부관계에서 반복되는 갈등은 반드시 짚고 넘어가야 한다. 그렇지 않으면 감정이 쌓여서 곪는다. 서로에게 상처를 주고받는 일이 있다면 반드시 의사 전달을 해야 한다. 오래된 상처는 쉽게 아물지 않기 때문이다.

신랑에게 나에 대해 이해하기 어려운 부분이 있다면 문자든, 이메일이든 어떤 식으로라도 의사표현을 해달라고 했다. 상대방이 나의 어떤 행동에 대해 불만이 있는데 참고 있다는 생각이 들면 언제 터질지 몰라 불안할 수밖에 없고 눈치를 보기 때문이다. 신랑과 나의 분노도 더 잘 살아 보려고 참고 또 참은 잘못된 인내심의 결과였다. 억울한 마음이 해소되지 않으면 분노는 자연히 발생할 수밖에 없는 것이다.

사람은 누구나 자기 위주로 생각하고 해석하기 때문에 오해가 쌓일 수밖에 없다. 우리는 대화가 잘 통하지 않았기 때문에 싸움을 풀려고 하다가 다시 싸운 적이 많았다. 그래서 사용한 방법이 이메일이었다. 한 번 더 생각하고 차분히 내 마음을 전달할 수 있는 가장 좋은 방법이었다.

이제는 서로 싫어하는 행동을 알기에 그런 행동은 하지 않으려고 노력한다. 그러나 꼭 하고 싶은 일이나 해야 할 일이라면

서로 지원해준다. 남편은 술 마시고 새벽 늦게 들어오고, 주말에는 하루 종일 운동하면서 나는 왜 눈치 보면서 배우러 다니는가. 내 인생을 누군가에게 간섭받고 통제받아서는 안 된다. 상대를 배려하되 소신껏 살면 된다. 그 권한뿐 아니라 책임도 나에게 있음을 인지하는 게 중요하다.

불안이 오면 그냥 내버려두기로 했다.

싸우려고 하지 말고, 분석하지 않기로 했다.

불안의 기운이 다가오면 무관심으로 대하되 있는 그대로 느끼자.

'너 또 왔구나. 그래 혼자 놀다가 가거라.'

나는 무엇이든 부부가 같이 해야

잘 사는 부부라고 생각했다.

친구들과 여행을 간다거나

주말에 동호회 활동으로

자리를 비우면 나랑 뭐 하러 결혼했나 싶었다.

진짜
'우리' 되기

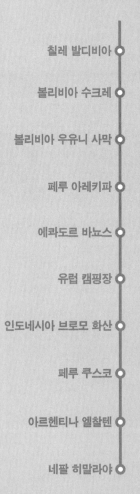

칠레 발디비아

볼리비아 수크레

볼리비아 우유니 사막

페루 아레키파

에콰도르 바뇨스

유럽 캠핑장

인도네시아 브로모 화산

페루 쿠스코

아르헨티나 엘찰텐

네팔 히말라야

열아홉,

알에서
깨어나다

       칠레의 동화 같은 마을 푸콘에서 3박을 하면서 남미에 도착하고 느꼈던 불안과 긴장감이 많이 해소되었다. 여행한 지 2달이 되어가지만 남미에 있다는 사실이 신기하기만 하다. 투덜거리며 떠나 온 나이지만 신랑에게는 감당하기 벅찬 결정이었고, 가슴 떨리는 계획이었고 희열이었을 것이다.

  여행 계획부터 끊임없이 묻는 질문 하나가 여행을 마치고 서울로 돌아오는 비행기에서 어떤 생각이 들까였다. 만족스러운 우리 둘만의 여행 지도를 만들기 위해 매일 저녁 싸고 좋은 칠레 와인으로 건배를 외친다.

  과도한 부정적 감정에서 빠져나오는 데 2달이 걸렸다. 여행이 끝날 때까지 그 감정에서 헤어나오지 못할까 봐 두려웠다. 여행을 좋아해서일까, 심적 부담을 극복하고 여행에 집중하니 마음이 점차 안정되었다. 좋아하는 일을 한다는 것은 장애물과 두려움을 극복할 수 있는 원동력이 되어준다. 시간은 좀 걸렸지만 이제라도 제대로 여행을 즐기고 싶어졌다.

내가 가장 좋아하는 여행과 가장 두려워하는 비행기의 교집합이 세계일주였다. 아이러니했다. 어느 것을 포기할 것인가. 힘든 여행이 되겠지만 그것을 극복했을 때 느끼는 기쁨은 배가 된다. 비행기가 두려워서 여행을 포기하는 대신 좋아하는 것을 위해 두려움을 감수했다. 가장 두려운 걸 극복하면 가장 좋아하는 것을 할 수 있다.

발디비아는 푸콘에서 남쪽으로 3시간 거리인, 칠레의 허리 위치에 해당하는 아름다운 어촌마을이다. 많은 여행자들이 칠레 산티아고를 시작으로 푸콘, 발디비아, 푸에르토몬트, 푸에르토나탈레스와 아르헨티나의 바릴로체, 엘찰튼, 엘칼라파테, 우수아이아 등 거점 도시를 지그재그로 오가며 여행한다.

해산물이라면 환장하는 우리는 어시장으로 유명한 발디비아에서 그동안 못 먹었던 홍합을 먹을 생각에 잔뜩 설렜다. 생선을 먼저 먹을 것인가 홍합부터 먹을 것인가 과자와 사탕을 양손에 쥐고 어쩔 줄 모르는 아이가 되었다.

강가 어시장 상인들이 생선을 손질하며 불필요한 부위를 던지면 바다사자와 새들이 귀신같이 받아먹는다. 한가한 시내는 걸어서 모두 구경할 수 있을 만큼 아담하다. 도시를 좋아하지 않

우리, 아이 없이 살자

는 우리에겐 이상적인 마을이다. 산티아고의 경계 태세를 해제하고 강가 바람을 맞으며 산책길에 나섰다. 여유로운 몸과 맘으로 순박한 이곳 사람들의 삶을 보는 것이 즐겁다. 여행 후 처음으로 행복감을 느꼈다. 갑자기 지난 60여 일간 흘려보낸 시간들이 너무나 아깝다는 생각이 들었다. 아무것도 변한 게 없는데 사람의 마음이란 이렇게 간사하다. 행과 불행의 차이는 종이보다 얇았다.

발디비아에 도착한 날 터미널 앞의 중식당을 발견하니 무척이나 반갑다. 한식당은 기대도 안했고 칠레 음식은 돈 주고 사먹기 아까울 정도였으니 중국 음식이면 감사하다. 대만인 부인과 중국인 남편이 운영하는 식당인데 이민 온 지 30년이 되었다고 했다. 아주머니는 중국 전통복장인 치파오를 곱게 차려입고 앞뒤로 배낭을 메고 뒤뚱거리는 우리를 반갑게 맞아주신다. 스페인어를 못해 벙어리가 된 우리에게 능숙한 영어로 말을 건넨다. 아, 얼마 만에 나누는 대화인가.

팍팍한 이민 생활에 닳고 지친 모습이 아니라 한 번 스치고 지나가는 손님에게 너무나 정성스럽고 친절하게 대해주는 모습을 보며 감동을 받는다. 서비스 교육이나 이론을 통해 배운 게 아니리라. 내가 모토로 삼는 진정성 담긴 서비스를 보여주고 있었다. 이틀 저녁 모두 어시장에서 산 홍합과 조개를 배터지게 먹었다. 별 다른 양념 없이 마늘 몇 쪽과 양파를 넣고 끓여 내면 어떤 고급 레스토랑 음식도 부럽지 않다. 빵과 고기에 질린 입맛을 개운하게 해주었는데 통통한 홍합살과 조개는 가히 일품이다. 한국의 반도 안 되는 가격의 칠레 와인은 우리의 사랑이다.

낮에는 시티투어 버스를 타고 시내 관광에 나섰다. 1인당 3,000페소(약 5,000원)를 내면 시내와 주변 관광지 및 유명한 맥주회사 쿤스트만에 들린다. 쿤스트만은 스페인이 칠레를 점령하고 있을 때 이곳을 차지하기 위해 쳐들어온 독일인에 의해 만들어진 맥주 브랜드다. 참새가 방앗간을 그냥 지나치랴. 애주가인 신랑은 다양한 시음 맥주를 마시고는 취기가 살짝 도는지 레스토랑 밖에 세워진 커다란 마네킹을 껴안고 사진 찍어달라며 앙탈을 부린다. 스위스 유학 시절 처음 견학 간 와이너리에서 시음을 즐기다 취해 가파른 언덕을 구르다시피 내려온 기억이 난다며 추억에 젖었다.

고생스런 여행도, 먹고 마시는 여행도 모두 다 의미가 있다. 우리 나이의 사람들은 한창 열심히 일하고 있을 텐데 이렇게 즐기고 있는 게 불안해지기도 한다. 그러나 이내 현재에 집중하려고 노력한다. 지금을 즐기고 음미하자. 그 순간들이 쌓여 미래가 될 것이다. 미래에 대한 걱정, 과거에 대한 후회를 하지 말자. 평생 할 여행을 한꺼번에 하고 있으니 더 열심히 일할 수 있는 에너지가 생기지 않겠는가.

발디비아의 바다사자는 상인들이 던져주는 먹잇감으로 편하게 살기 위하여 바다가 아닌 강물에 사는 게 익숙해졌나 보다.
오랜 습관의 무서움은 타고난 태생도 거스르며 살아갈 수 있는
모양이다. 그들의 행복지수는 저 먼 바다의 바다사자보다 높을
까? 아마도 어시장의 삶이 익숙해지면서 저 넓은 바다를 모르고
살아가고 있을지도 모른다. 눈앞의 쉬운 이익에 집착하여 스스
로를 가두는 우둔함을 멀리하자고 다짐해본다.

스물.

이런 모습까지
보이고 싶진 않았다

볼리비아 우유니 사막 투어를 예약하며 우연히 인사를 나누게 된 한국인 영이. 세계 여행을 1년째 하고 있는 용감하고 멋진 그녀를 알게 된 건 우리 부부에겐 큰 행운이었다. 나보다 1살 어림에도 불구하고 10년 이상의 선배 포스를 풍기는 성숙함과 무던함에 배울 게 많은 친구였다. 쉽게 어울릴 수 없는 조합인 남녀 커플과 여자 1명. 우리 셋은 마치 잃어버린 형제자매를 만난 것처럼 죽이 잘 맞았다. 덕분에 남미의 남은 일정과 유럽 대부분을 함께 여행하며 끈끈한 사이가 되었다.우유니 사막 투어로 지친 몸을 재정비하기 위해 쉬어가는 도시로 유명한 포토시와 수크레. 포토시는 스페인 제국 착취의 상징이며 200년이 넘도록 전 세계에 유통되는 은의 절반 이상을 생산했던 도시다. 수크레는 볼리비아의 수도이자 독립 운동의 중심지로 알려져 있다. 고산병에서 겨우 회복한 나는 또다시 4,000미터가 넘는 포토시가 그다지 끌리지 않는다. 수크레 역시 2,800미터 높이에 위치하지만 5,000미터에 이르는 우유니 사막에서 혹독한 신고식을 하고 온 우리에게 더 이상 문제가 아니다. 오, 2,500 미터 아타카마 사막에서 힘들다고 울던 때가 엊그제인데 많이 강해졌구나. 스스로 기특하다. 비행기와 다르게 고산은 노출 훈련이 제대로 빛을 발했다.

밤 10시 우유니를 출발한 버스는 7시간이 지나 수크레에 도착할 것이다. 남미에서 제일 잘산다는 칠레와 아르헨티나의 쾌적한 관광버스를 상상했다가 심히 당황했다. 버스 안에는 생각보다 여행자들이 보이지 않는다. 대부분이 인디오 현지인들이고 연식을 알 수 없는 엔진 소음과 매연, 덜컹거리는 도로 상태가 볼리비아임을 실감한다. 우리는 메고 있는 가방을 다시 한 번 고쳐 메고는 여권과 현금이 들어 있는 지갑이 잘 있는지 다시 한 번 확인한다. 7시간의 이동은 이제 아무것도 아니지만 치안이 좋지 않기로 유명한 볼리비아의 야간버스 이동은 한시도 긴장을 늦출 수 없다. 흔한 상점이나 식당은 고사하고 밤거리엔 인적이 드물다. 갱영화의 촬영 장소로 손색이 없을 만큼 매우 스산하다. 누군가는 평생의 고향이고, 삶의 터전일 텐데 어떤 도시에서도 느껴보지 못한 묘한 어두움과 낯설음이다.

비교적 짧은 이동이라 세미 카마라 불리는 저렴한 버스를 예약했다. 화장실이 없는 대신 2번은 정차를 한다고 해서 마음을 놓았다. 한참을 가다가 갑자기 깜깜한 시골길 한가운데 버스가 섰다. 운전자가 뭐라 뭐라 소리를 지르더니 사람들이 한두 명씩 내린다. 아. 화장실인가 보다. 우리도 눈치껏 따라 내린다. 그런데 오마이갓! 주변엔 아무것도 없다! 뼈대만 겨우 올리다가 만 흉물스런 건물 공사터였다. 설마 대충 시멘트로 발라놓은 간이 화장실이라도 있겠지. 방광이 터질 것 같은데 미치고 환장할 노릇이었다. 유일한 현지인 여자 승객인 인디오 할머니가 내리신다. 다행이다, 우리도 따라가자! 하는 순간 갑자기 할머니가 펑퍼짐한 인디오 전통치마를 부채꼴 모양으로 능숙하게 펼치고는 길 한복판에 주저앉아 태연하게 볼일을 보는 게 아닌가. 어이가 없었다. 이건 또 뭐지? 볼리비아의 생활 수준은 상상을 초월했다. 멘붕이었다. 버스에 이미 앉아 있는 그 많은 사람들이 이방인의 당황하는 모습을 재밌다는 듯 쳐다본다. 그러나 주저할 시간이 없다. 인간으로서 가져야 할 최소한의 프라이버시는 없었다. 통제할 수 없는 배설의 욕구에 최대한 힘을 주고 속도를 내보지만 중간쯤 진행했을 때 야속한 운전기사는 클랙슨을 울려댄다.

쌍욕이 튀어나온다. 아, 중간에 끊을 수도 없다. 내가 여기서 지금 무슨 짓을 하고 있는 거지? 그 와중에 버스가 떠날까 봐 신랑의 재촉하는 소리가 들린다.

"아우씨, 증말! 다 싸야 갈 거 아니야!!"

세계일주를 하는 부부들은 둘 중의 하나라고 한다. 돈독해져서 오거나 헤어지거나. 우스갯소리로 들리지만 틀린 말이 아니다. 제한된 예산으로 여행하다 보니 저렴한 숙소는 피할 수 없다. 좁은 객실에 화장실이 있는 경우 배우자의 볼일과 방귀 소리까지도 들어내야 한다. TV를 크게 틀거나 잠시 객실 밖에 나가 있기도 한다. 노상방뇨에 비하면 그래도 양반이다.

16세기 스페인들에 의해 건설되어 인근의 포토시에서 나오는 은을 관리하면서 엄청난 부를 축적한 수크레는 볼리비아 독립 영웅 수크레 장군의 이름을 딴 수도가 되었다. 우유니 투어를 마친 여행자들이 휴식을 위해 잠시 머무르기로 유명하고, 스페인어를 배우기 위해 2~3주씩 체류하기도 한다.

큰 기대 없이 예약한 숙소는 지친 몸을 충전하기에 완벽한 장소였다. 돈 좀 있는 현지인의 세컨드 하우스인 듯 싶었다. 정갈하게 정리된 정원과 넓은 바베큐장, 고급스런 가구와 주방 시설이 준비된 2층 저택을 우리에게 통으로 빌려주었다. 미안할 정도로 훌륭한 집을 우리 셋만 사용하니 볼리비아의 갑부가 된 기분이다. 어느 나라나 잘사는 사람들은 있다. 불과 몇 시간 전 벌어진 노상방뇨가 떠오르며 심한 빈부 차이를 느낀다.

볼리비아의 대형마트를 구경하는 재미도 쏠쏠하다. 힘든 일정을 무사히 끝낸 우리는 고산으로 참았던 와인을 마음껏 마셨다. 4,000미터를 훌쩍 넘는 곳에서 이미 훈련을 마치고 온 우리는 고산을 기념하며 건배~!

남미에서 가장 못사는 나라 중 하나이며, 열악한 인프라와 불안한 치안으로 여행자들을 긴장하게 만든다는 볼리비아지만 우유니 마을과 수크레는 그런 느낌을 전혀 받을 수 없었다. 거리에는 여행자들로 넘쳐나고 시내 중심지에는 경찰들이 수시로 순찰을 돈다. 남미 인디오의 순박한 미소를 짓고 있는 현지인들에게서 우리는 푸근함을 느낀다. 우유니 2박 3일 투어를 같이 한 친구들이 수크레에 도착했다는 소식을 듣고 반가운 저녁 식사를 하고 다음 일정을 나눠본다. 영국커플 이안과 멜라니와는 에콰도르에 있는 섬 갈라파고스의 크루즈 여행을 같이 하기로 하여 더욱 기대가 된다. 1년여 여행의 끝자락에 있는 이 커플은 우리와 비슷한 시기에 집으로 돌아갈 계획이라 영국에서의 재회 또한 큰 설렘이 될 것이다. 좋은 여행의 좋은 인연이 지속되어 2년 후에 이들이 계획하는 아시아 여행 중 한국에서 다시 만날 수 있기를 기대한다.

우리, 아이 없이 살자

스물하나,

인생사진

매일 매일이 여행의 연장선상인 세계일주는 여행 중에 다음 여행을 준비해야 한다. 단기 여행처럼 꼼꼼히 준비할 겨를이 없을 때가 많다. 그러나 이곳만큼은 신랑이 손꼽아 기다린 엄청난 매력을 지닌 곳이다. 신랑과 달리 사전 정보 없이 쫓아다니기 바쁜 나는 대신 몸이 고생하고 있었다. 볼리비아 우유니 사막은 남미를 여행하는 사람들에게 가장 인기 있는 곳 중 하나이며 몽환적인 사진으로 유명한 곳이다. 우기의 우유니를 보기 위해 많은 여행자들이 볼리비아 일정을 12~3월로 조정하기도 한다. 우유니 사막은 지각변동으로 솟아올랐던 바다가 2만 년 전부터 녹기 시작한 바닷물이 증발하면서 만들어진 세계 최대의 소금 사막이다. 볼리비아 국민이 수천 년 이상 소비할 수 있을 만큼의 소금양이며 한국에서도 많은 양이 수입된다.

BBC가 죽기 전에 가야 할 곳 50곳 중 하나로 선정한 우유니 사막. 그 유명세답게 당일 코스부터 3박 4일 코스까지 다양하다. 우리는 칠레 아타카마에서 출발하여 볼리비아 우유니 마을에 도착하는 2박 3일 코스를 선택했다. 일몰 감상 외에 핵심 관광이 모두 포함된 가장 인기 있는 코스다. 칠레 아타카마에서 만난 영국 커플 이안과 멜라니, 그리고 한국인 여행 동지 영이와 우리 커플은 같은 여행사를 이용하여 한 팀이 되었다. 2박 3일의 동고동락을 위해 멤버 구성은 무척 중요하다.

아타카마 사막에서 시작하는 투어 첫날 아침, 예상치 못한 추운 날씨에 심히 당황했다. 태양빛이 있을 때와 없을 때의 기온은 우리나라 여름과 겨울 차이만큼이나 극과 극이다. 예습 없이 온 학생의 수업은 버겁기만 하다. 이번엔 어떤 극기 훈련이 기다리고 있을까. 사막이란 단어가 주는 야생의 기운이 심상치 않다. 추위와 더위, 극건조, 고산, 생리적 문제 등 넘어가야 할 장애물이 한두 개가 아닐 것이다. 아무것도 있을 것 같지 않은 황량한 사막에 난데없이 나타나는 호수가 너무나 아름답다. 그러나 연식을 알 수 없는 폐차 직전의 SUV 차량 안으로 사정없이 들어오는 모래 먼지가 온몸의 구멍을 막아버린다. 목구멍은 간질간질, 숨은 답답하고, 얼굴은 철수세미처럼 바스락거린다. 소중한 내 피부가 이렇게 망가지다니. 40도에 육박하는 차량 내부에서 마스크를 써봐도 사막의 고운 먼지를 막지 못한다. 설상가상으로

우리, 아이 없이 살자

4,500미터를 넘나드는 고산에 미리 먹은 고산약은 그 힘을 발휘하지 못하고 깨질 듯한 두통과 구토증세가 왔다. 서양 친구들은 얄미울 정도로 끄떡이 없었다. 어서 숙소에 가서 쉬고 싶은 생각뿐이다.

일정을 마치고 드디어 몸을 뉘일 수 있는 숙소에 도착했다. 말이 나오지 않았다. 이건 말이 숙소지 바람만 겨우 막을 수 있는 폐가 수준의 허름한 시멘트 건물이었다. 사막의 일교차는 상상을 초월했다. 낮에는 40도에 육박했던 온도가 밤에는 체감온도 영하 10도는 되는 것 같았다. 건물 내부인데도 우리나라 한겨울 바깥공기와 별 차이가 나지 않았다. 샤워가 고산에 좋지 않다는 명분을 내세워 미지근한 물조차 나오지 않았다. 세수는커녕 얼음물로 겨우 양치만 하는데도 손이 순식간에 얼어버렸다. 고산임을 감안해 소화가 잘 되는 야채와 따뜻한 스프, 약간의 소시지가 전부였지만 하루 종일 행군 훈련을 마치고 먹는 저녁밥처럼 고산병으로 맛이 간 나에게조차 꿀맛이었다.

잠을 자기 위해 방에 들어선 순간 방이라고 말하기 민망할 정도의 열악한 시설에 1인용 야상 침대만 덜렁 놓여 있었다. 전기도 들어오지 않아 무엇이 어디 있는지 더듬거려야 한다. 가져온 옷을 있는 대로 껴입어보지만 역부족이었다. 외계인인 줄 알았던 이 외국인 친구들조차도 추위에 입을 덜덜 떨면서 잠을 이루지 못한다. 야생도 이런 야생이 없었다. 마치 히말라야 등반 중 텐트 하나에 의지하여 서로의 체온으로 버티는 상황 같았다. 손 하나 까딱하기 싫은 추위에서도 열정적인 멤버 몇 명은 은하수를 보기 위해 카메라를 들고 밖으로 나간다.

"그래, 나도 저 나이 땐 추운 줄도 몰랐어." 스스로를 위로해 보지만 여행은 젊었을 때 하는 거라고 인정하며 잠을 청해본다.

사진으로 얼핏 본 우유니의 몽환적 모습은 아직 보지 못했지만 안데스 산맥에 펼쳐진 티플라노 고원의 다양한 호수와 광활한 사막을 직접 보니 신비롭고 신기할 뿐이다. 어쩌면 죽을 때까지 알지 못하고 보지 못했을 지구의 모습이었다. 몸은 힘들지만 묘한 희열을 느낀다.

2박 3일의 험난했던 투어가 끝난 후 큰 과제를 끝낸 듯 시원섭섭했다. 인종과 언어가 다른 낯선 이들과의 긴 시간, 생리적 현상의 제약과 척박한 환경의 불편함은 누구에게나 부담이 될 텐데도 몇몇 여행 고수들은 역시 여유 있는 의연함을 보여준다. 얼마나 경험이 쌓여야 저런 경지에 올라갈 수 있을까. 고생스런 투어가 끝났는데도 뭔가 아쉬웠다. 짧은 고민 끝에 2박 3일 투어에 포함되어 있지 않았던 선셋 투어를 신청했다. 물에 비친 우유니 사막을 보기 위해서다.

과연 소문다웠다. 이토록 아름다운 모습이 실제로 존재한다는 것이 놀랍다. 어떻게 찍어도 사진은 작품이 된다. 고급 물감으로 칠해놓은 듯한 석양이 아름답다 못해 황홀하다. 물에 비친 하늘빛이 아래위로 퍼져나가고 집 나갔던 사람도 돌아오게 만드는 몽환적 풍경이다. 해가 완전히 떨어질 때까지 활활 타오르는 석양을 한 장이라도 더 찍기 위해 셔터 누르는 소리가 여기저기서 들린다. 우리도 모처럼 잉꼬부부 코스프레를 해본다. 인생사진 제대로 건졌다.

여행 후 처음으로 행복감을 느꼈다.

갑자기 지난 60여 일간 흘려보낸 시간들이

너무나 아깝다는 생각이 들었다.

아무것도 변한 게 없는데 사람의 마음이란 이렇게 간사하다.

행과 불행의 차이는 종이보다 얇았다.

고생스런 여행도, 먹고 마시는 여행도 모두 다 의미가 있다.
우리 나이의 사람들은 한창 열심히 일하고 있을 텐데
이렇게 즐기고 있는 게 불안해지기도 한다.
그러나 이내 현재에 집중하려고 노력한다.
지금을 즐기고 음미하자. 그 순간들이 쌓여 미래가 될 것이다.

스물둘,

여행 중
권태기

 여행 초반 3개월 동안 잔뜩 얼어 있는 나를
달래고 돌봐주느라 신랑의 인내로 우리는 의외로 싸울 일이 없
었다. 다행히 나의 불안과 예민함은 남미 산티아고를 정점으로
빠르게 누그러들었고 남미의 매력에 푹 빠진 나와는 반대로 신
랑의 짜증은 늘어만 갔다. 여행 동지 영이와 함께 다니는데 신랑
의 이유를 알 수 없는 짜증에 민망하고 기분도 상했다.

 쿠스코에서 심한 고산병으로 약간의 폐쇄공포증까지 온 신랑
은 그 후유증이 쉽게 없어지지 않아 힘들어했지만 그 이유로 나
에게 짜증을 내는 건 좀 서운했다. 혹 나랑 24시간 붙어 있는 게
힘이 든 건 아닐까? 아이 없이 둘이 산 시간이 길기 때문에 같이
있어도 어색하지는 않지만 인간은 누구나 혼자만의 시간이 필요
하기 때문이다.

우리, 아이 없이 살자

대부분의 사람들은 쿠스코 여행이 끝나면 이카 또는 나스카로 이동하고 거기서 페루의 수도인 리마로 이동하는데 최근 이 구간 버스에서 도난 사건이 발생했다는 이야기를 듣고 상대적으로 안전한 아레키파를 거쳐 이카로 이동하기로 했다.

아레키파는 페루 남부에 위치한 도시이며 잉카제국의 중심지이다. 해발 24,00미터에 위치하여 페루에서 리마 다음으로 큰 도시다. 스페인 식민지 시대와 잉카제국 시대의 건축물이 오묘히 조화를 이루어 유네스코가 지정한 세계문화유산이기도 하다.

쿠스코에서 야간버스를 타고 11시간 끝에 아침 7시에 아레키파에 도착한 우리는 아침을 먹기 위해 광장을 찾았다. 남미 모든 도시에는 메인 광장이 있고, 관광 도시인 경우 아침 식사가 가능한 레스토랑이 즐비하다. 쿠스코가 남미 중 가장 예쁜 광장이라고 하면 아레키파의 광장은 두 번째 예쁜 광장이다. 크진 않지만 조용하고 아담한 이곳이 마음에 든다.

유명 관광지도 물론 의미가 있지만 평화로운 어느 작은 마을에서 광장을 내려다보며 먹는 소박한 아침 식사 시간이 너무나 행복하다. 한국에 돌아가 출근전쟁을 치를 때 어쩌면 가장 생각나는 곳일지도 모르겠다.

나는 무엇이든 부부가 같이 해야 잘 사는 부부라고 생각했다. 친구들과 여행을 간다거나 주말에 동호회 활동으로 자리를 비우면 나랑 뭐 하러 결혼했나 싶었다. 마트에 같이 가고 싶은데 싫다고 하면 괜히 서운했고, 취미 생활도 부부가 같이 해야 한다고 우기며 그 안에 끼워 맞추기 위해 신랑을 귀찮게 했다. 무엇이든 같이 해야 사랑이라고 착각했다. 서로에 대한 믿음을 바탕으로 각자의 생활을 존중하고, 부부라도 각자의 프라이버시가 있는 건데 서로에게 비밀 없이 투명해야 한다고 믿었다. 상대가 아무리 매의 눈으로 바라보아도 배우자의 일거수일투족을 다 알 수는 없다. 믿어야 살 수 있고 부부라도 자기 인생을 사는 게 중요하다. 상대방의 삶에 나를 맞추거나 내 삶에 상대를 억지로 끌고 오는 건 서로에게 바람직하지 않았다.

여행 중 권태기를 극복하는 방법은 각자 자유시간을 갖는 것이었다. 서운해할 것도 그 이유를 알 필요도 없다. 혼자만의 시간을 갖고 싶다는 사인으로 해석하면 되었다. 나 또한 신랑과 몇 날 며칠을 붙어 있다 보니 이유 없이 짜증이 날 때가 있었기 때문이다. 온전한 하루의 자유시간을 확보한 신랑의 얼굴은 얄미울 정도로 활짝 피었다. 광장이 보이는 카페에서 진한 커피 한 잔을 할 것이라며 이미 계획까지 세워놓았다. 내심 미안해하는 신랑에게 오히려 진즉에 자유시간을 주지 못한 내가 더 미안했다. 나는 여행 동지 영이와 함께 세상에서 가장 깊은 계곡이라 불리는 콜카캐년 투어를 예약했다.

콜카캐년은 남미 당일 투어 중 상당한 체력을 요하는 투어 중 하나다. 그도 그럴 것이 새벽 3시에 출발하여 아침 6시에 식사를

우리, 아이 없이 살자

하고, 해발 5,000미터에 위치한 계곡을 돌아보고 저녁 6시에 돌아오는 빡센 일정이었다. 새벽 기상과 고산이라는 복병이 있지만 이젠 두려울 게 없는 김대장은 씩씩하게 새벽잠을 이겨내고 나간다. 예전의 울고불고 투덜대던 모습과는 확연히 달라진 씩씩한 내가 기특한지 신랑도 자다 일어나서 잘 다녀오라고 배웅을 해준다.

무거운 DSLR은 언제나 신랑의 몫이었고, 나는 가벼운 배낭만 챙겼었는데 오늘은 콘도르 사진을 찍기 위해서라도 DSLR과 함께해야 한다. 이 무거운 걸 매번 신랑이 들었다니 살짝 미안해진다. 그랜드캐넌보다 더 깊다는 콜카캐넌. 기대대로 웅장한 산세와 그 깊이에 압도되고야 만다. 마추픽추와 앙코르와트를 보면 인간의 능력의 끝을 의심해보지만 거대한 자연을 마주할 때마다 그것의 위대함을 감히 인간이 따라갈 수 없음을 생각한다.

운이 좋아야 볼 수 있다는, 남미에서 신성시하는 새 콘도르. 드디어 머리 위에 나타났다! 어떤 미신이라도 내가 맞히면 기분이 좋은 법이다. 같이 온 여행자들도 일제히 하늘을 보며 가장 멋진 콘도르의 모습을 포착하기 위해 사진 찍기에 여념이 없다. 나 또한 질세라 어설픈 카메라 실력이지만 만족스러운 콘도르 모습을 찍었다. 파란 하늘과 광활한 대지를 어떤 주저함 없이 힘차게 나는 콘도르. 새처럼 날고 싶다는 뻔한 말 외에는 그 자유로움을 표현할 다른 말이 생각나지 않는다. 전망대 바위에 적힌 고도는 4,910미터를 가르킨다. 다른 외국인 친구 몇 명은 고산병으로 차에서 내리지도 못하고 힘겨워한다. 와! 드디어 그들을 이겼다!! 4개월 전 코끼리 높이에 울먹거린 겁쟁이 김여사는 더 이상 없다!! 5,000미터 고산에서 만세를 부르며 팔짝 뛰는 엄대장, 아니 김대장이 여기 있노라!

우리, 아이 없이 살자

스물셋,

이혼의 기준

10여 일간의 갈라파고스 여행을 마치고 에
콰도르 과야킬로 다시 날아온 우리는 일정에는 없었지만 블로그
에서 눈길을 끌었던 바뇨스라는 마을을 방문하기로 했다. 다양
한 레포츠와 액티비티, 온천을 즐길 수 있다는 시골마을.

나지막한 안개가 산 정상에 걸쳐 있어 마치 신선이라도 튀어
나올 듯한 신비스런 분위기의 첫인상은 춘천에 온 듯했다. 언제
부턴가 번거롭고 위험한 액티비티보다는 눈으로 감상할 수 있는
풍경이나 트레킹을 선호하게 되었다. 그 와중에 꼭 한번 해보고
싶은 액티비티가 있었는데 짚라인과 래프팅이었다.

동강을 비롯해서 아시아 나라에서도 래프팅을 해봤지만 오리
배 정도의 시시한 것이어서 중급 레벨 이상이라는 이곳의 래프
팅이 무척 기대가 되었다. 안전교육을 30분 받은 우리는 그때까

지도 물살이 얼마나 센지 상상도 못한 채 마냥 신나 있었다. 드디어 물에 입수! 물살이 만만치 않다. 이제껏 한 번도 보지 못한 거친 물살이었다. 그래도 훈련받은 대로 원! 투! 원! 투! 환상의 호흡으로 성난 물살을 가뿐히 넘어간다. 몇 번의 고비를 넘긴 우리는 기세등등하여 하이파이브를 외친다. 옆 보트에 사람이 빠지면 주저 없이 패들을 내밀어 구해주고, 상대방 보트로 인계해주는 훈훈한 모습이 연출되었다.

물살이 올 때는 리듬을 잘 타서 파도를 타고 넘어야 한다. 파도와 정면충돌하면 배는 그대로 뒤집힌다. 우리의 얌전한 멤버들은 가이드의 말에 복종하며 무사히 항해 중이다. 한시도 긴장을 늦출 수 없는 래프팅. 수시로 밀려오는 거친 파도와 물살이 우리를 시험에 들게 한다. 한 고비 한 고비 넘길 때마다 짜릿한 성취감! 이거 진짜 재밌다! 보트 맨 앞자리에 앉으면 파도와 정면으로 부딪치기 때문에 좀더 짜릿한 경험을 할 수 있다. 우리 팀은 절대 빠질 수 없다!! 중간쯤 지났을까 점점 거칠어지는 물살에 모두들 웃음이 없어지고 긴장한 모습이다.

강이라고 우습게 생각했는데 우리나라 동강을 생각하면 오산이었다. 잔잔히 흐르는 수평선의 강물이 아니었다. 강력한 태풍이 몰아치듯 파도가 끊임없이 배를 위협하며 파도와 파도 사이는 마치 싱크홀처럼 깊게 빨려 들어가는 구멍 같았다. 물 좋아하는 다른 여행객들도 얼굴이 이내 굳어진다. 일부러 물에 빠져 까

우리, 아이 없이 살자

불던 그들도 생각보다 거친 물살에 구명조끼가 도움이 못 된다는 걸 순간 깨닫고 숨을 헐떡거리며 살려달라고 허우적거린다. 패들을 내밀어 구출 작업을 하다가도 워낙 센 물살에 손을 놓쳐 다시 빠진 사람들은 공포에 질린 눈으로 기를 쓰고 헤엄쳐오며 구조된 뒤에도 웃지 못하고 파랗게 질린 채 덜덜 떨고 있었다. 그걸 보는 우리도 긴장이 될 수밖에 없었다.

어, 어! 갑자기 눈앞에 엄청난 파도가 밀려온다. 이 녀석 만만치 않다. 파도가 배의 정면을 향하고 있었다. 생각보다 너무 세 보였다. 그 순간 눈앞에 거대한 싱크홀이 나타나고 물을 무서워하지 않는 나도 공포를 느낄 만큼 위압적이었다. 온몸에 힘이 들어가고 극도의 긴장이 온몸을 감싼다.

아악… 안 돼!!!! 순식간에 배가 뒤집혔다. 난 지금 물에 빠졌다. 구명조끼도 입었고 수영도 할 줄 안다. 몇 초만 지나면 저절로 물에 뜰 것이다. 그리고 구조대가 대기하고 있다.

그런데 생각보다 물속 깊이 빨려 들어간다. 발이 땅에 닿지 않는다. 강물이 내 키를 훌쩍 넘는 깊이라는 생각에 갑자기 두려움이 밀려온다. 온힘을 다해 물위로 올라가보지만 보트가 뒤집힌 채로 나를 막고 있었다. 물 밖으로 얼굴을 내밀 수 없다는 생각이 드는 순간 엄청난 공포가 밀려오며 숨이 차오른다. 간신히 수면 위로 고개가 올라왔다. 그러자 집채만 한 파도가 정면으로 내 얼굴을 덮쳤다. 설상가상 사래가 걸렸다. 숨 쉴 틈이 없이 또 다른 파도가 얼굴을 덮쳤다. 파도가 워낙 세서 구명조끼는 무용지물이었고, 간신히 눈코입만 수면 위로 내밀었지만 끊임없이 덮치는 파도에 속수무책이었다. 믿었던 구조대는 접근조차 못하고 수영하라는 소리만 지르고 있었다.

'이렇게 죽긴 너무 억울해!!'

정신이 반쯤 나가 있을 때 누군가가 내 뒷덜미를 있는 힘껏 잡아 올렸다. 모든 구멍에서 물이 나오고, 거친 호흡을 내쉬며 홀딱 젖은 몸이 사시나무 떨듯 떨렸다.

정신 차려 보니 신랑은 이미 구조되어 다른 보트에 타고 있었다. 다들 살았구나! 파랗게 질린 모습을 서로 쳐다보며 웃다가 울다가. 하다하다 별걸 다해본다는 표정이었다. 그와 죽을 고비를 함께 했다는 생각에 묘한 감정이 올라왔다.

심하게 싸울 때는 이혼을 생각해본 적도 있었다. 그 순간은 나름 심각했지만 저 마음 깊은 곳에는 '설마 이혼까지'라는 전제를 깔고 있는 게 사실이었다. 이혼의 정당성을 위한 스스로의 기준은 무엇일까? 과연 어느 정도로 관계가 심각할 때 이혼을 하는 걸까? 나의 기준은 '이 사람과 헤어진다면 지금보다 더 행복할 것인가?'였다. 싸울 때는 감정이 격해져서 당장이라도 안 보며 살고 싶지만 화가 가라앉으면 이 일이 이혼을 할 만큼 심각한지에 대해 확신이 없었다. 나름대로는 심각한 문제라 하더라도 이혼은 자식이 없는 나에게도 결코 쉬운 일이 아니었다. 자식이 있건 없건, 얼마

우리, 아이 없이 살자

나 결혼 생활을 했건 간에 인생의 큰 부분을 실패했다는 자책감에 힘들 수도 있고, 상처 또는 추억에 대한 미련으로 힘들지도 모른다. 부모님의 상심과 주변의 시선도 마음에 걸린다. 그럼에도 불구하고 헤어지는 것이 같이 사는 것보다 조금이라도 덜 불행하다면 이혼도 하나의 능동적 선택이 될 수 있을 것이다. 난 이 사람과 헤어졌을 때 지금보다 더 행복하게 살 수 있을 것 같지 않았고, 무엇보다 더 노력해보고 싶다는 생각이 들었다. 이혼은 막연하게 생각했던 것보다 훨씬 무거운 일이었다. 이제는 홧김에라도 이혼이라는 단어는 쓰지 않기로 다짐했다.

3장 진짜 '우리' 되기

스물넷,

우리에게도
공통분모가 있었네

4개월간의 유럽 여행 일정 중 핵심은 캠핑이었다. 파리에서 자동차를 픽업하여 캠핑 준비에 돌입했다. 남미의 뚜벅이 여행객에서 오렌지족으로의 신분상승이었다. 촌스러운 등산복을 벗어버리고 상큼한 청바지와 면 티로 배낭족의 구질한 때를 씻어내본다. 잘 할 수 있을까 하는 의구심 속에서 캠핑 장비 1차 구매를 완료했다.

그간 조사했던 유럽 캠핑에 관한 각종 블로그와 카페 내용을 토대로 최소한의 물품만을 구입하였으나 그간 꿈꿔왔던 캠핑을 어느 정도는 충족시켜야 하기에 고민이 많았다. 유럽 캠핑의 성지라 불리는 데카트롱에 들어가면 지름신과의 한판이 벌어진다. 들었다 놨다를 반복하며 준비한 물품은 텐트 4인용, 캠핑 의자 2개, 버너, 바비큐그릴, 숯, 충전용 랜턴, 플라스틱 식기, 프라이팬, 냄비, 유럽용 어댑터. 그리고 전기장판, 20미터 릴선, 가스버 너는 여행 중간에 나만 한국에 잠시 나갔다 왔을 때 준비해왔다.

옛날에 짱돌을 구해다가 텐트 팩을 박았던 어렴풋한 기억에 망치를 안 사고 버티다가 결국은 구매를 했다. 캠핑은 고생해야 맛이라며 돗자리와 침낭만 믿고 자다가 삭신이 쑤셔 그날로 달려가 에어매트를 샀다. 프라이팬과 냄비도 싸구려를 샀다가 두세 번 사용하곤 다시 사기도 했다. 한국 갈 때 다 버리고 가야 할 물건들이지만 캠핑을 즐기려면 있을 건 있어야 했다.

초등학교 시절 걸스카웃 활동 이후 첫 캠핑이라 설렘 반 걱정 반이다. 캠핑장에 도착해서 체크인을 하고 피치를 배정받으면 이삿짐센터 직원처럼 장갑을 끼고 텐트 설치에 들어간다. 처음에는 3시간, 그다음은 2시간, 그다음은 1시간. 점점 능숙해지는 손놀림에 신이 난다. 한국에서 기껏해야 1년에 한두 번 할까 말까인 캠핑인데 유럽에 와서 평생 할 캠핑을 다하는 듯하다. 3일에 1번꼴로 텐트를 쳤다 접었다 그 많은 짐들을 세팅하다 보니 몸은 힘들지만 캠핑 전문가가 된 것 같았다. 해가 지기 전에 텐트를 치고 저녁을 해먹어야 하므로 하루가 바쁘다. 혼자 여행하는 사람들 외에는 대부분이 캠핑카였다. 영화에서나 봤음직한 럭셔리 캠핑카들 사이에서 낑낑대며 텐트를 치고 있노라면 상대적 빈곤감에 살짝 기가 죽지만 그래도 낭만은 텐트가 최고지! 서로의 흥을 돋우며 다음번 여행은 유럽 캠핑카 투어로 이미 확정이다!

유럽의 캠핑장은 저녁 9시만 넘으면 쥐죽은 듯 조용하다. 우리밖에 없나 싶을 정도로 어떤 소리도 들리지 않는다. 아이들 출입을 제한하는 곳도 있고, 대부분이 노년층 부부여서 독서를 하거나 티타임을 하면서 휴식을 취한다. 거창한 고기 파티도 없고, 과도한 음주도 하지 않는다. 캠핑 문화가 발달한 나라에서 볼 수 있는 성숙한 매너다.

허리도 펴지 못하고 지내야 하고, 밥 해먹기도 불편하고, 추위와 더위에 그대로 노출되고 등등. 불편한 걸로 치면 노숙자에서 한 단계 업그레이드된 수준의 생활인데 그래도 좋다! 그 힘든 것들을 모두 상쇄시킬 만큼 매력적이었다. 신랑과 대학생으로 돌아가 MT 온 기분이랄까. 아무것도 할 게 없으니 둘이 텐트 안에 누워 이런저런 얘기를 나눈다.

숙소에서 자는 것과는 비교도 안 되게 불편하지만 감동이 있었다. 신랑과 나의 날카로움도 사라졌다. 밖에는 이름 모를 벌레 소리, 바람 소리만 들린다. 아침에는 새소리와 따가운 햇볕에 눈을 뜨고 깨끗한 공기가 온몸에 느껴지는 상쾌함이 있다. 최고급 호텔에서 최고급 침구를 덮고 잔 것과는 비교할 수 없는 개운함이라고 하면 과장일까. 대부분의 캠핑장 주변은 경치가 빼어난 산이나 호수, 강으로 둘러싸여 있고, 규모가 큰 곳은 바, 레스토랑, 수영장, 피트니스 등의 시설도 있기 때문에 하루 종일 캠핑장에만 있어도 지겨울 틈이 없다.

가장 우리를 놀라게 한 건 화장실이었다. 웬만한 게스트하우스보다 깨끗하고 넓었다. 세면실, 샤워실, 화장실이 완벽히 분리되어 있고, 드라이기와 티슈도 준비되어 있다. 비가 많이 오는 유럽답게 히터를 24시간 틀어서 뽀송뽀송하게 씻을 수 있도록 배려한 것이 놀랍고 어떤 불쾌한 냄새도 나지 않는다. 잔잔한 음악으로 마음 편히 사용할 수 있는 배려가 감동이었다.

데카트론에서 산 폭신한 에어매트 위에 전기장판을 깔고 누우면 얼굴은 시원하고 몸은 뜨끈하니 어떤 추위도 두렵지 않다. 비가 오는 날이면 설렘은 배가 된다. 공황장애로 한창 힘들 때 충청도에 있는 어느 절에서 템플스테이를 한 적이 있다. 문만 열면 바로 마당이 있는 허름한 초가집이었는데 감당할 수 없는 불안을 잠재운 건 그날 밤 내린 비였다. 쏟아지는 빗소리. 오랜만에 느껴보는 포근함에 깊은 잠을 잤던 것 같다. 그날 이후 비만 내리면 너무 좋았다. 남들은 우울해서 싫다고 하는데 난 비 내리는 날이면 마치 자장가를 듣는 것처럼 마음이 편안해진다. 비가 많이 내리는 유럽은 나에게 최적의 장소였다.

얇은 텐트 위로 후두두둑 떨어지는 빗방울은 어떤 소리보다 달콤했다. 혹여나 비가 새지 않을까 노심초사하는 신랑 옆에서 나는 그저 비를 즐기고 있었다. 바람이 심하게 부는 날이면 텐트가 날라 갈까 봐 분주해지는 신랑은 아랑곳 않고, 나는 온몸으로 바람을 느끼느라 여념이 없었다.

스위스의 웅장한 알프스 산에 둘러싸여 먹는 삼겹살과 와인은 평생 잊을 수 없을 것 같다. 개울 소리과 벌레 소리만이 전부인 영국의 어느 시골마을 캠핑장에서 붉게 물들어가는 석양을 바라보는 무상무념의 시간은 눈물 날 만큼 소중했다.

우리는 4개월 동안 유럽의 다양한 캠핑장을 체험하며 그 매력에 완전히 빠져버렸다. 공통의 관심사를 발견한 건 여행이 준 큰 선물이었다.

어렸을 적 엄마가 꽃을 보고, 나무를 보고 예쁘다고 감탄하는 모습을 이해하지 못했다. 그러나 언제부턴가 내가 엄마와 똑같이 말하고 있었다. 자연 안에 있으면 너무나 편안했다.

자연과 늘 함께 사는 이곳 사람들도 쫓기듯 사는 우리의 삶처럼 치열할까? 아니면 우리보다 더 행복할까? 적막감마저 감도는 한적함과 삶의 순간순간을 음미하는 여유가 참으로 부러웠다. 여행을 하면 할수록 여행에 대한 욕심이 생긴다. 하나부터 열까지 다른 신랑이지만 여행이라는 공통분모를 발견했다. 열심히 일해서 더 많은 곳을 다니자고 약속했다.

우리, 아이 없이 살자

스물다섯,

개고생
그리고 전우애

인도네시아 여행을 계획할 때 수마트라, 보르네오, 자바 섬 중의 한 곳을 택하기 위해 정보를 수집하던 중 강렬한 매력을 느꼈던 것이 자바 섬에 위치한 활화산 브로모 화산과 이젠 화산이었다. 족자카르타에서 이곳을 가기 위해서는 로컬 버스나 기차를 이용해서 가기도 하지만 만만치 않은 2박 3일 일정에 고민 없이 투어를 이용하기로 했다.

투어는 두 화산을 거쳐 발리에 도착하는 교통과 2박 숙식을 포함한다. 그러나 일정은 물론이고 식사 및 숙박이 생각지도 않게 너무나 열악했다. 투어 차량의 대부분은 봉고나 그보다 조금 큰 것인데 연식을 알 수 없을 정도로 오래되었다. 겉으로는 멀쩡해 보였으나 내부는 폐차 직전이었고, 브레이크가 멀쩡할지 걱정 많은 나는 이동 내내 좌불안석이다. 에어컨은 복불복이다. 우리를 태운 봉고차는 에어컨이 고장이었다. 우기라 창문을 열 수 없어 보조석까지 꽉꽉 채운 여행객의 각종 냄새와 습기에 괴로워하며 14시간을 견뎠다. 화장실을 맘대로 갈 수가 없으니 물도 못 마시고 음식도 먹을 수 없었다. 현지 문화를 있는 그대로 받아들여야 하는 성숙한 여행자의 태도는 교과서에나 나오는 것이고, 돈을 내고도 기본적인 서비스조차 받지 못하니 입이 튀어나올 수밖에 없었다.

어디인지 전혀 감 잡을 수 없는 깜깜한 시골 깊은 산속으로 하염없이 올라간다. 산 정상까지 올라가는 듯 가도 가도 끝이 없고 급커브 길에 멀미가 난다. 저녁 10시에 도착한 숙소는 너무나 열악했고, 무조건 먹어야 하는 식사는 죽지 않기 위해 먹어야 하는 수준이었다. 샤워를 안 하면 잠을 못 자는 나였지만 온수가 나오지 않아 고양이 세수만 하고 잠자리에 든다.

몸이 천근만근, 머리는 어질한데 일출을 보기 위해 새벽 3시에 일어나 지프를 타고 어디론가 끌려간다. 이미 숙소가 산 중턱인데 더 높은 곳으로 한참을 가더니 내리라고 했다. 주위는 여전히 암흑이다. 거기서부턴 손전등에 의존해서 브로모 화산의 뷰포인트까지 30분을 걸어 올라가야 한다. 몇 발자국 걷지 않아 갑자기 숨이 차고 어지러웠다. 어, 이상하다. 공황장애가 다시 왔나? 새벽에 일어나서 그런 건가? 덜컥 겁이 났다. 여기서 아프면 답도 없다. 산 아래와는 온도가 확연히 달라 몸은 덜덜 떨리

우리, 아이 없이 살자

고 화산 연기에 숨이 턱턱 막혔다. 나중에야 그곳이 2,500미터 고산 지대라는 걸 알게 되었다. 그 당시 가이드의 설명도 없었고, 남미에 가기 전이라 고산에 대한 지식이 전혀 없는 상태여서 무방비로 당한 것이다. 가는 길은 관광객을 실어 나르기 위한 조랑말들로 정신이 하나도 없었다. 연신 싸놓는 말똥 피하랴, 끈질기게 달라붙는 호객꾼 피하랴 일출 보러 가는 길이 평온과는 거리가 멀었다.

그럼에도 불구하고, 브로모 화산은 명불허전이었다. 잠자던 화산이 기막힌 타이밍으로 다시 분화하기 시작하였고, 그 찰나를 우리는 운 좋게도 눈에 담았다. 자연적으로 발생하는 신기한 현상에 모두들 잠시 동안의 침묵으로 그 감동을 표현하고 있었다. 연기로 인해 일출은 보지 못했지만 평생 보기 힘든 활화산을 본 것으로 우리는 아침의 똥냄새를 기분 좋게 날려버렸다.

세계 여행은 단기 여행의 연장선이라고 생각했었다. 그러나 둘은 성격이 완전히 달랐다. 경험의 깊이도 달랐지만 다양한 나라를 다니다 보니 인프라가 열악한 곳도 피할 수 없다. 그러나 몸은 고생스러울지라도 귀한 경험을 얻어간다. 불편한 숙소와 음식, 궂은 날씨, 열악한 이동수단, 고산 등 모든 것들은 나를 성장시키고 단단하게 하는 비타민이었다. 힘든 여행일수록 기억에 남는 건 그래서이다.

둘째 날 역시 새벽 4시에 일어나 이젠 화산 분화구까지 1시간

3장 진짜 '우리' 되기

반을 산행해야 하는 코스다. 이틀 연속 행군을 해야 하는 훈련병의 마음이 이럴까. 걷다 보니 몸이 풀리고 잠이 깼다. 그제야 아름다운 풍경이 눈에 들어온다.

수많은 관광객들 사이로 바구니에 유황을 하나 가득 짊어지고 무거운 발걸음으로 올라가는 사람들이 있다. 분화구 주변만 가도 찌릿한 유황 냄새로 오래 있기가 힘든데 맨몸으로 유황을 캐고 나른다. 그들에게는 고된 일터이고 삶의 현장이리라. 관광객을 바라보는 그들의 마음은 어떨까. 괜한 미안함이 든다.

2박 3일 화산 투어를 마치고 발리로 가는 일만 남았다. 이제 편안하게 차에서 잠만 자면 된다. 지도상의 거리는 멀지 않지만 섬과 섬을 이동해야 하므로 열악한 교통 상황을 감안해 7시간을 예상한다. 투어 예약 시 대형 에어컨버스라고 해서 우리나라 고속버스를 상상했다. 그런데 저 멀리서 우리나라 80년대 시외버스가 1대 오더니 우리를 태우는 게 아닌가. 에어컨은 고사하고, 담배를 입에 문 기사에, 창문 밖에서 들어오는 먼지에 누가 닭을 태워서 꽥꽥 소리를 지르니 멀미하기 최적의 조건이었다.

여기서 멀미가 나면 끝이다. 다음 버스도 없다. 또다시 식은 땀이 흐른다. 무조건 버텨야 한다는 정신력으로 4시간을 참아냈다. 언제쯤 도착할까 고개를 내밀고 두리번거릴 때쯤 버스는 길 한복판에 우리를 던져놓고 유유히 떠난다. 터미널을 예상했던 우리는 여기가 어디인지 어디로 가야 하는지 알 수 없었다. 처음 느끼는 막막함이었다. 헐. 마지막까지 긴장을 늦출 수 없는 스릴 만점 투어구나.

습하고 무더운 날씨에 배는 고파 죽겠는데 현금을 못 찾아 돈은 떨어지고. 장시간의 버스 이동으로 탈진하기 일보 직전이었다. 이건 진짜 야생이었다. 먹잇감이 보이니 비싼 자가용 택시들이 다가와 말도 안 되는 가격을 부른다. 지나가는 일반 택시도 없는 발리 시외의 어느 낯선 곳. 오기가 생겨 이를 악물고 무작정 걷는다. 우여곡절 끝에 현지인들의 도움을 받아 로컬 버스와 택시를 번갈아 타고 저녁 늦게야 발리 숙소에 도착했다. 인도네시아에 도착하고 며칠을 찾고 헤매던 수많은 레스토랑과 마트, 술집이 화려하게 우리를 기다리고 있었다.

내 생전 그렇게 오래 굶어본 적이 없었다. 다리가 후들거려 걸을 수가 없었다. 숙소 바로 옆 허름한 일본 식당에서 눈물의 라면을 먹으며 고생했다고 서로를 다독였다. 또 하나의 안주꺼리를 만들었다. 우리는 그렇게 낯선 곳에서 전우애를 쌓아갔다.

1번이면 족한, 그러나 잊지 못할 2박 3일 야생 투어는 그렇게 끝이 났다.

스물여섯,

아픔을
이해한다는 것

남미 여행의 3대 과제인 칠레의 토레스델파이네, 볼리비아의 우유니 사막, 페루의 마추픽추. 마지막으로 남은 마추픽추를 가기 위한 거점 도시이자 안데스 산맥 해발 3,500미터의 고도. 많은 여행객들이 고산병을 호소하기도 하는 쿠스코에 도착했다. 쿠스코에서 고산병이 오면 해발 2,500미터 이하인 마추픽추로 빨리 도망가라는 말이 있을 정도다. 올해 초 쿠스코에서 나스카로 가는 도로에서 총기강도 사건이 발생해서 한국인 단체 관광객이 탄 버스가 털렸다는 소식을 오래전부터 들어왔다. 긴장을 늦추지 않으며 야간버스로 볼리비아 코파카바나에서 칠레 푸노를 거쳐 이곳 쿠스코에 새벽에 도착했다.

우연히 2박 3일 우유니 투어를 같이 한 친구들을 터미널에서 만나 새벽이 밝아올 때까지 밀린 여행담을 나누니 위축됐던 마음이 자연스럽게 풀린다. 호스텔의 위치가 유명한 명소인 12각돌 바로 옆이었으나 그것도 모르고 벽에 붙어 사진을 찍어대는 사람들을 신기하게 쳐다보다 신랑이 아차 싶어 그때서야 부랴부랴 인증샷을 남긴다.

쿠스코에서 쇼핑을 하겠다고 벼르고 왔으나 너무나 관광화된 아르마스 광장은 이미 서울의 물가를 넘어섰다. 다행인 것은 택시 및 총기강도, 소매치기 등을 막아줄 경찰들이 광장에 쫙 깔려 있었다는 점. 게다가 이렇게 안전한 광장 바로 옆에 우리가 사랑하는 한식당이 있다! 술 한잔 걸치고도 숙소까지 안전하게 돌아올 수 있는 엄청난 매력에 우리는 매일같이 한식당을 찾았다. 이때까지 우리에게 일어날 엄청난 사건을 전혀 상상하지 못했다.

마추픽추 투어 예약을 위해 여행사를 돌아보면서 쿠스코 주변의 잉카 유적지를 볼 수 있는 다양한 투어가 있음을 알았다. 사진만 보아도 너무나 흥미롭다. 우리는 쿠스코 일정을 늘려 최대한 많은 곳을 다녀보기로 하고 시티 투어, 성스러운 계곡 투어, 모라이, 그리고 마추픽추까지 총 4개의 투어를 예약했다. 첫 투어는 가볍게 오후에 시작하는 시티 투어로 쿠스코를 돌아보았다. 모든 잉카문화의 중심이 된다는 삭사이만의 거대한 바위를 쌓아올린 모습은 시내의 유명한 관광지인 12각돌의 수십 배에 달한다. 고대 잉카인들은 이 바위로 레고 놀이를 한 것일까? 수십 톤은 나갈 것 같은 바위들이 조금의 틈도 없이 테트리스처럼 들어맞는 모습은 마냥 신기하다.

둘째 날 성스러운 계곡 투어를 가기 위해 숙소 앞에서 여행사 직원을 기다리던 우리 앞에 차량 하나가 멈췄다. "투어? 오케이?" 제대로 된 영어도 구사하지 못하는 기사였는데 무조건 빨리 타라는 시늉을 한다. 우리는 픽업 나온 여행사 직원으로 확신하고 한 치의 의심 없이 날름 차에 올라탔다. 예약자 이름이나 여행사 이름만 확인했어도 탄로 날 일이었는데 평소에 나에게 귀 따갑게 안전 교육시키던 신랑도 그날따라 순순히 그 사람을 믿는 것이었다. 앞자리에 탄 신랑이 그때서야 기사에게 물어본다. 이 차가 어디로 가는 거냐? 너는 어느 여행사에서 왔느냐? 기사가 당황한 듯 버벅거린다. 느낌이 이상해진 신랑은 당장 여행사로 전화 연결을 요구한다. 기사는 어디론가 전화를 하지만 실제로 어디로 걸었는지는 알 수가 없다. 만남의 장소는 쿠스코 광장 근처에 있어야 하는데 차는 점점 외곽으로 빠지고 있다. 그 순간이었다. 갑자기 창문을 내리더니 길을 걸어가던 한 남자에게 우리랑 영어로 대화가 안 되서 그런데 잠깐 차에 타서 통역을 해줄 수 있냐는 황당한 얘기를 하는 게 아닌가. 더 황당한 건 그 지나가던 사람이 덥썩 우리 차에 타려고 차문을 열려고 했다는 것이다. 그 순간 뭔가 크게 잘못됐다는 생각이 번쩍 들었다. 신랑이 소리를 질렀다. "안 돼!!! 너희들 누구야!! 누구 맘대로 이 차에 태워!!!"

우리, 아이 없이 살자

신랑의 격분한 목소리에 운전기사가 놀라 태우지 않고 그대로 달렸다. 아, 우린 지금 납치당했다!! 갑자기 하늘이 노래지고 등에서 식은땀이 났다. 생사가 걸린 상황에서 두 여자의 안전 총책임자인 신랑은 얼굴이 시뻘게지고 소리소리를 지르며 당장 차를 세우라고 외쳤다. 이 운전자가 차를 세우지 않고 전속력으로 달리면 우리는 그대로 끌려갈 수밖에 없다. 그 순간 난 신호에 걸렸을 때 "하나둘셋 뛰어내려!!"하면서 뛰어내릴 준비를 하고 차량 손잡이를 꽉 잡았다. 이대로 죽을 순 없다. 아, 하느님 제발 도와주세요…. 그 순간 차가 속력을 낮춘다.

이 사람 아직 간댕이가 작았다. 신랑이 죽일 것처럼 덤벼드니 낭패 본 표정을 지으며 차를 세웠다. 우리 셋은 얼굴이 파랗게 질려 지금 방금 무슨 일을 당했는지 어안이 벙벙하다. 하마터면 지구 반대편 어느 외진 산등성이에서 시신으로 발견되거나 귀중품이 털린 채 만신창이가 되어 버려질 뻔했다. 흥분한 신랑은 여행사로 달려가 너희도 한 패거리 아니냐며 격앙되어 따졌고 여행사 사장은 절대 아니라며 우리에게 대신 사과했지만 우리의 의심은 쉽게 풀리지 않았다. 떳떳하면 경찰서로 가자고 하니 다음 날 다시 오라고 한다. 남미는 경찰조차도 믿을 수 없다.

평소에도 게스트하우스를 혼자 운영하는 나에게 항상 보안과 안전에 만전을 기하라며 신신당부하던 신랑인데 순간적인 방심으로 우리의 여행이, 아니 우리의 인생이 끝날 뻔했으니 며칠 동안을 심한 자책과 충격으로 헤어 나오지 못했다.

고산에 완전히 적응했다고 생각했으나 계속되는 야간 이동과 연일 이어지는 투어로 체력이 저하됐나 보다. 블로그 포스팅을 하던 신랑이 갑자기 답답함을 호소한다. 체력하면 누구보다 자신 있던 신랑인데 고산병이 다시 온 것이다. 처음에는 숨 쉬는 것이 답답하더니 서서히 옥죄는 듯한 이상한 느낌이 온다고 했다. 한숨 자면 좋아질 줄 알았는데 숙소에 있기가 답답할 정도로 점점 악화된다. 생전 처음 겪는 증세에 무척이나 당황해하는 신랑을 보니 안타까우면서도 놀랐다. 체력과 정신력은 누구보다 강한 그였기 때문이다. 그는 죽음도 두려워하지 않은 강철 멘탈을 갖고 있다고 생각했었다.

그 후 그에게 트라우마가 생긴 것인지 버스를 타거나 좁은 객실에 있으면 답답하고 가슴이 두근거린다고 했다. 그 와중에 갑자기 뜻밖의 이야기를 꺼냈다. 내가 그동안 힘들어하던 심리적 어려움을 본인이 직접 겪어보니 지금 얼마나 내가 힘든 여행을 하고 있는지 이제야 알 것 같다고 했다. 이제야 위로받았다는 사실에 마음이 풀리면서도 몰라도 되는 걸 알아버렸다는 생각에 마음이 아팠다. 이러한 일을 겪으면서 서로에 대한 이해가 조금씩 깊어질 것이다. 살면서 상대의 아픔을 머리로만 이해한 적이 있다. 경험 부족으로, 유대감의 결핍으로, 미성숙함으로 우리는 아픔을 함께하지 못했다. 나이만 먹었지 철부지 아이 같은 부부

우리, 아이 없이 살자

였다.

　기쁨보다 슬픔을 함께할 때 더 깊은 삶이 된다는 걸 알면서도 서로에게 힘이 되지 못했다. 함께 걸어하고, 함께 아파하고, 함께 기뻐하는 우리 둘. 여행 전 꿈꿨던 우리의 모습에 한 발짝 가까워진 느낌이다. 가슴 한편이 따뜻해진다.

스물일곱,

우리 사이에 쌓이는
건강한 추억

아르헨티나의 또 하나의 필수 코스인 모레
노 빙하를 보기 위해 엘칼라파데라는 소도시에 왔다. 평생 한 번
볼까 말까 한 거대한 빙하를 눈으로 보는 것도 모자라 빙하 위를
걷는 호사를 누렸다. 엘찰텐은 엘칼라파테에서 버스로 3시간 거
리에 있는 아주 작은 시골 마을이지만 아름다운 피츠로이 산으
로 유명한 곳이다. 당일치기로 많이 다녀가지만 시간적 여유가
있었던 우리는 2박 3일 동안 머물기로 했다.

남미의 매력 중 하나는 이동 중에 보이는 풍경이다. 탁 트인
도로는 파란 하늘 끝과 맞닿았고, 버스 양옆으로 끝도 없이 펼쳐
지는 파타고니아의 광활한 대지와 웅장한 산이 청초한 옥빛 호
수와 어우러져 그야말로 숨 막히는 풍경의 연속이다. 한참을 달
리다 보니 어느새 분위기가 바뀐다. 인적은커녕 지나가는 버스

1대도 없을 만큼 고요하다. 아무런 생명체가 살고 있지 않을 듯한 평야가 계속되더니 신기하게도 바위산에 둘러싸여 포근히 숨어 있는 아주 작은 마을이 모습을 드러낸다.

버스터미널에서 마을 끝까지 걸어가도 30분이 채 안 걸리는 미니 마을이다. 마음에 든다. 이런 곳은 처음이다. 특유의 분위기가 우리를 사로잡는다. 사방이 설산과 바위 언덕으로 둘러싸여 외딴 별에 놀러온 느낌이다.

세계 3대 미봉 중 하나인 피츠로이를 만나는 길은 의외로 간단했다. 토레스 델파이네를 보기 위해 여러 도시를 거치고 캠핑과 차를 예약하는 번잡함이 있었다면 피츠로이는 머무는 숙소에서 가장 가까운 등산로 입구를 선택해서 뒷산 오르듯 털레털레 다녀오면 된다. 마음이 한결 가볍다.

도착한 날은 가볍게 몸을 풀 겸 엘찰텐 마을을 내려다볼 수 있는 전망대Los condors와 넓은 들판과 호수를 볼 수 있는 전망대Las Aguilas를 다녀왔다. 유명 관광 명소의 번잡함과 화려함과는 정반대인, 인간의 손길이 전혀 닿지 않은, 날것이 주는 감동이다.

외계 언어로 의사소통에 어려움을 겪는 우리도 이 순간만큼은 잘 통한다. 많은 말이 필요 없어서다. 말을 하지 않아도 어색함이 없다. 풍경에 감탄하여 내뱉는 말은 아무리 과해도 탈이 나지 않는다. 어쩌면 위대한 자연 앞에서 미미한 존재임을 깨달아서일까? 이 순간만큼은 사이좋은 오누이가 된다.

3장 진짜 '우리' 되기

둘째 날은 이곳의 주인공인 피츠로이 삼봉과 토레 호수를 만나러 떠난다. 상어의 이빨처럼 하늘을 물어뜯을 듯 솟아 있는 산과 중앙에 피츠로이가 보인다. 파타고니아 최고봉답게 거칠고 센 바람으로 정신없지만 그것마저도 신비롭다. 피츠로이 산과 주변은 예측할 수 없는 날씨와 악명 높은 강풍으로 유명하다. 언제나 구름과 눈이 흩날리고 바람이 세서 이 산에 최초로 정착한 원주민들은 피츠로이 산을 엘찰텐(연기를 뿜는 산)이라고 부른다.

가는 길이 평지라 오래 걸어도 힘들지 않다. 그 많던 여행자들도 산속으로 깊이 들어갈수록 보이지 않는다. 우리 둘만이 지구상에 남겨진 기분이다.

가는 길이 아름다워 사진 찍으랴, 눈으로 담으랴 영 진도가 나가지 않는다. 잠시 땀을 식히며 숙소에서 대충 만들어온 샌드위치로 점심을 때워도 눈물 날 만큼 맛있다. 아, 이 순간이 너무 좋다. 남미의 끝도 없는 매력에 난 푹 빠져버렸다. 남미 여행은 한마디로 날것의 미학이다. 인간의 손길이 닿은 것에서는 절대 느낄 수 없는 있는 그대로의 아름다움이다. 남미에 한껏 취해 있는 내 모습에 이제는 마음이 놓이는지 신랑도 한결 마음이 편해 보인다. 이제 몸과 마음이 완벽하게 정상 궤도에 올랐다. 이거 뭐 맨날 여행만 다닐 수도 없고 우짜냐. 빨리 돈 벌어서 또 오자, 오케이?

인증샷 하나 남기려고 정상으로 올라가니 기대하지 않은 풍경

우리, 아이 없이 살자

이 갑자기 나타난다. 빙하가 녹아내려 만든 호수. 이 깊숙한 곳까지 올라오지 않으면 보지 못했을 선물이다. 뒤를 돌아보니 젊은 남자의 근육과 흡사한 울뚝불뚝한 돌산이 끝도 없이 펼쳐진다. 주변엔 우리 둘뿐이다. 이런 절경에 사람이 없다니. 둘만 보는 게 너무 아까울 정도였다. 기다리고 기다렸던 마추픽추를 철저한 준비로 무장하고 다녀오는 것도 좋았지만 별다른 준비 없이 뒷동산 마실 가듯 다녀온 이곳이 훨씬 더 좋았던 건 왜일까.

관광객들은 빙하 투어를 위해 대부분의 시간을 엘칼라파테에서 보내고 엘찰텐은 당일 또는 1박 일정으로 온다고 한다. 여느 여행지에 뒤지지 않을 만큼 아름다운 곳인데 안타까운 맘과 오래도록 나만 즐기고 싶은 맘이 공존한다. 다양한 레스토랑이나 여행자를 위한 놀거리는 거의 없지만 하나도 지루하지 않다. 트레킹을 마치고 노곤한 몸을 씻으니 정신이 개운하다. 창밖으로는 엄청난 강풍이 불고 있다. 마당에 세워놓은 테이블마저 날아갈 정도의 태풍이다. 인간의 흔적이 없을 것만 같은 파타고니아의 이 깊은 마을도 누군가에겐 삶의 터전이고 돌아가고픈 집일 것이다. 숙박 시설을 운영하려면 그 많은 물품은 어디서 사는지, 갑자기 아프면 어떻게 하는지, 학교는 어디로 다니며, 파마는 어디서 하는지. 흔한 대형마트도, 병원도 보이지 않으니 말이다. 도시의 삶이 기준인 나는 외진 곳을 갈 때마다 같은 궁금증이 생긴다. 나름대로 그들만의 삶의 방법이 있을 텐데 편리함의 기준으로만 바라보니 그들의 삶이 무척 불편해 보인다. 아직 세상을 이해하는 마음이 부족하다.

아르헨티나는 노숙자도 소고기를 먹는다는 말이 있을 정도로 소고기와 와인이 싸다. 마트에 가면 소고기 1인분에 4,000원, 와인은 3,000원이면 살 수 있다. 만약 한국에 있는 레스토랑에서 비슷한 수준의 소고기와 와인을 주문한다면 1인당 5만 원은 너끈히 나올 메뉴가 여기는 2만 원이 채 안되니 콧노래가 안 나올 수가 없다. 우리는 이곳에서 인생 소고기를 만났다. 물건도 몇 개 없는 허름한 마트에서 기대 없이 사온 소고기가 이제껏 살면서 먹어본 최고의 소고기라니! 소금만 대충 뿌려 낡은 프라이팬에 쓱쓱 구운 소고기, 거기에 와인 한잔까지. 브라보 마이 라이프!

세계일주,
그 의미에 대하여

4개월의 유럽 자동차 여행을 무사히 마치고 네팔에 도착했다. 칠레 토레스 델파이네 캠핑장에서 감동 깊게 본 영화 〈히말라야〉. 우리는 지금 그곳에 와 있다. 히말라야의 정기를 받으며 트레킹을 하고 싶다는 신랑을 위해 고민 끝에 스리랑카, 인도를 제치고 선택한 곳이다. 유럽의 낭만에 젖어 있다가 접한 카트만두는 놀라움을 넘어선 충격이었다.

본격적인 트레킹 전 인프라가 잘 갖춰져 있을 거라 생각한 수도 카트만두에서 며칠 쉬어 가려던 계획을 급히 수정한다. 흙먼지 날리는 도로와 무너져가는 건물, 매캐한 연기, 각종 쓰레기 등으로 네팔은 상상했던 것 이상으로 열악했다. 호수가 있는 시골 마을은 조금 더 나을 거라는 희망에 히말라야가 있는 포카라로 급히 이동한다.

오, 없는 것 빼고 다 있다. 무엇보다 그리웠던 한식당이 많다! 이틀 동안 제대로 식사를 못한 우리는 모든 것을 뒤로하고 배를 채운다. 작은 호수마을에서 바라보는 히말라야 설산은 압권이었다. 멀리서 보아도 위엄과 신비로움이 뿜어져 나온다. 그러나 오르는 산은 언제나 버겁다. 산을 좋아하는 신랑은 야심찬 14박의 히말라야 트레킹을 꿈꿔보지만 언제나 그렇듯 나의 체력이 관건이다.

히말라야 트레킹은 ABC(안나푸르나 베이스캠프), 안나푸르나 라운딩, EBC(에베레스트 베이스캠프)가 유명하며 보통 10일에서 보름 정도가 소요된다. 블로그를 보니 비가 하루 종일 내린다, 거머리가 비처럼 쏟아진다, 구름과 안개로 설산이 보이지 않는다, 비 때문에 길이 없어진다는 등의 고생담으로 가득하다. 이런 건 산에 미친 사람들이나 할 수 있는 일이다. 굳이 사서 고생할 필요 없다. 적당한 고생은 추억이지만 무리한 도전은 악몽이 될 수 있다. 여행 후반부는 조금 편하게 있고 싶었는데 또 하나의 숙제가 생겼다.

여러 블로그에 소개된 유명한 한식당에 출근 도장을 찍으며 사장님 내외분과 상의 후 가이드 겸 포터를 예약했다. 우리가 가기로 한 코스는 3박 4일 푼힐 전망대 트레킹이다. 히말라야 트레킹은 다른 세상 사람 이야기인 줄 알았던 나는 2박 이상의 트레킹은 하지 않겠다고 다짐했었다. 남미에서도 안 했던 트레킹인데 굳이 계획에도 없던 것에 목숨 걸지 말자고 했건만 마음이 살짝 흔들린다. '그래, 이왕 온 거 도전해보자. 내 인생에 언제 또 히말라야를 등반해보겠어. 또 한번 내 한계에 도전!' 힘든 만큼 큰 추억이 될 것임을 알기에 하자니 고생이 보이고 안 하자니 후회가 될 것이다.

역시나 잔뜩 긴장한 모습으로 트레킹을 떠난다. 미지의 세계는 언제나 두렵다. 언제쯤 모험을 즐길 수 있을까. 안전지향주의, 변화지양주의인 나에게 히말라야 트레킹은 만만치 않은 도전이었다. 포터에게 허락되는 배낭은 12킬로그램. 어떤 한국 분은 다 먹지도 못할 한국 음식을 잔뜩 싸들고 가서 포터에게 넘긴다. 60리터 배낭 2개를 묶어서 이마로 지고 가는 것을 보면 아무리 돈 받고 하는 일이지만 가슴이 아프다. 그러나 이마저도 경쟁이 치열하다고 한다. 내 몸 하나 움직이는 것도 힘든 트레킹에서 무거운 짐을 지고 매일같이 산을 오르는 일이 무척 고달퍼 보여 걷는 내내 마음이 편치 않다. 3박 4일 동안 잘 해낼 수 있기를 바라며 도 닦는 마음으로 한 걸음 한 걸음 내딛는다.

첫날 코스는 아야풀에서 시작하여 비렌탄티까지 가볍게 이동 후 니케퉁카까지 약 2시간 동안 하이킹을 하면서 본격적으로 히말라야의 품으로 들어간다. 세계 3대 산맥 중 하나라는 히말라야의 무게에 다소 긴장됐지만 여기까지는 평화로운 시골 풍경의 지리산 느낌이다. 티케퉁가에서 첫날 목적지인 울레리의 롯지(숙소)까지는 죽음의 3,400개 계단이 기다리고 있다. 계단의 여왕이라 불리는 나는 볼리비아 태양의 섬 트레킹의 김대장으로 빙의하여 씩씩하게 올라간다. 한동안 자동차 여행으로 하체 근육이 약화된 우리는 저마다 폭과 높이가 다른 계단에 당나귀 똥까지 피하려니 정신이 없다. 가도 가도 끝없는 계단에 욕이 나오려는 찰나 포터가 외친다.

"다 왔다!"

몸은 무척 고됐지만 어디서도 볼 수 없는 히말라야의 모습에 감동이 밀려온다. 모두들 감탄사 외에는 말이 없다. 10개월 동안 평생 한번 볼까 말까 한 명장면을 많이 보아서 더 이상의 감동은 없을 줄 알았다. 그러나 자연의 아름다움은 백번을 봐도 질리지 않는다. 아무리 세계적으로 유명한 미술가라도 이렇게 아름다운 풍경을 빚어낼 수는 없을 것이다. 인위적인 것은 자연적인 것의 자연스러움을 따라갈 수 없다.

롯지라 불리는 숙소의 뷰는 환상적이었지만 방안은 마치 60년대 시골 여관 같은 열악함을 드러냈다. 푹 꺼진 싱글 침대 2개가 다이지만 이마저도 감지덕지다. 땀이 식기 전에 빨리 씻어야 한다! 이미 고산을 경험한 우리는 얼마나 급격하게 체온이 떨어지는지 알고 있다. 2분 안에 샤워를 끝내야 하는 군인처럼 빛의

우리, 아이 없이 살자

속도로 샤워실로 들어간다.

"꺅!!!!! 앗 차가워!! 오빠, 이거 뭐야!! 뜨거운 물이 안 나오잖아!! 심장마비 걸릴 것 같아!"

이미 순식간에 식어버린 체온에 샤워기에서 떨어지는 얼음물은 내 몸에 바늘을 꽂아대는 것처럼 차갑다 못해 아팠다. 뒤통수 제대로 맞았다. 온수 샤워가 분명 가능하다고 했다! 씻는둥 마는둥 뛰쳐나오니 온몸이 사시나무처럼 떨렸다. 가지고 온 모든 옷을 입어보지만 한번 차가워진 몸은 쉽게 데워지지 않는다. 이렇게 추운 곳에 난방 장치 비슷한 것도 없다. 여기서 잠을 잘 생각을 하니 욕이 튀어나왔다. 아마 지금이 여행 초반이었으면 칠레에서 그랬듯이 한바탕 울고불고 투덜거리며 난리쳤을 것이다. 그러나 지난 10개월 동안 산전수전 다 겪어낸 내가 아닌가! 예전의 나약한 내가 아니다. 이 힘든 것마저도 즐길 수 있는 여유가 조금은 생겼다. 그래 이 모든 게 추억이다! 언젠가 이 허름한 숙소가 미친 듯이 그리워질 때가 올 것이다.

다행히도 끝까지 날씨 운이 우리를 따라준다. 거머리 샤워도 안 했고, 기분 좋은 햇빛이 우리를 비춰준다. 늘 그렇듯 미리 걱정하고 두려워한 일들은 실제로는 일어나지 않았다. 그리고 상상했던 것보다 훨씬 견딜 만했다. 필요 이상의 에너지를 걱정하느라 쓸 필요가 없었는데 알면서도 잘 고쳐지지 않는 내 모습이었다.

고산 지역의 삶은 생각보다 훨씬 열악했다. TV에서 본 낭만은 편협한 시각일 수 있다. 그곳에서 사는 사람들에게 히말라야는 일상적 모습 중 하나이자 생계수단일 뿐 낭만 따위는 없을지도 모른다. 가져온 사과를 먹기 위해 동네 작은 마을가의 수도꼭지 앞에 앉았는데 물이 얼음장같이 차가워 순식간에 손이 얼어버렸다. 차디찬 물에 너무나 무감각한 표정으로 설거지를 하는 아낙네 손을 훔쳐보니 거북이 등보다도 딱딱해 보였다. 열악한 나라를 여행할 때마다 마음이 편치 않다. 그들에게는 고단한 현실의 삶인 그 모습을, 누군가는 즐기고 구경하기 위해 찾아간다는 것이 괜히 미안했다. 그러나 어쩌면 관광객이 많이 찾아줄수록 그들에게 좋은 것인데, 나의 건방진 생각에서 오는 어줍잖은 동정심일 수 있을 것이다. 나와 그들 중 누가 더 행복하다고 감히 말할 수는 없다.

멀리 보이는 7,000미터 높이의 히말라야는 그 명성답게 기품이 있다. 세상 모진 풍파에도 굳건히 서 있는 뚝심 있는 그 무엇 같다. 투덜거렸다가 감탄했다가 무한 반복이다. 어차피 내려갈 산을 왜 그리 목숨 걸고 올라가느냐는 무식한 말은 차마 뱉지 못한다.

7시간의 산행 끝에 우리의 최종 목적지인 푼힐 전망대에 도착했다. 더 이상은 못 걷겠다며 인내심의 한계가 올 때쯤 목적지가

우리, 아이 없이 살자

나타났다. 이번에도 해냈다는 뿌듯함에 천근만근 다리는 훈장이다. 그동안 살면서 나를 이겨내는 훈련을 해본 적이 없었다. 목표의식도 약하고 힘든 운동도 좋아하지 않았다. 여행을 하면서 그런 나를 깨는 일이 계속되었고 그 순간은 힘들지만 점점 단단해지는 내 모습에 자신감도 상승했다. 어떤 일도 시작과 끝은 있다. 그래서 시작이 반이라 했던가. 안 해서 후회하는 건 있어도 해서 후회는 없다.

네팔 정부가 등반을 금지하고 있어 사람의 손이 닿지 않은 마차 푸차레의 모습이 석양과 어우러져 영험함마저 느껴진다. 전망대에서 바라보는 히말라야는 할 말을 잃게 만든다. 저 멀리 내 눈으로 볼 수 있는 가장 먼 곳까지 설산의 봉우리가 끝을 모르고 펼쳐진다. 마치 이 지구상에 산과 골짜기, 그리고 나만이 존재하는 듯한 묘함이 있다. 이틀의 고생이 값지고 값지도다.

석양에 비친 눈 덮힌 봉우리는 마치 반사판에 비친 여배우의 얼굴처럼 뽀얗고 눈부시다. 급속도로 떨어지는 온도에 발을 동동 구르면서도 희열이 있다. 비록 얼굴은 초췌하지만 신랑과 열심히 인생사진을 남겨본다.

대충 끓여낸 듯한 마늘스프와 손 만두, 그리고 네팔의 전통음식 달밧. 7시간 산행 후 먹는 저녁은 그야말로 꿀맛이다. 히말라야가 눈앞에 있는데 무엇을 먹은들 맛이 없을 수가 있을까? 그렇다 쳐도 내가 먹어본 스프 중 단연 최고다. 한국인들을 위한

3장 진짜 '우리' 되기

것인가 싶을 정도로 우리 입맛에 딱 맞는다.

　나의 상태가 괜찮으면 연달아 안나푸르나 트레킹까지 해보고 싶다는 신랑의 야심찬 계획은 마지막 4일째 되는 날 깨끗이 포기되었다. 이미 둘 다 다리가 풀려 거친 내리막길을 스틱에 의지해서 걷는다. 내리막길도 괴롭지만 다시 펼쳐지는 오르막길도 이젠 징글징글하다. 단기간의 갑작스런 근육 사용으로 허벅지에 무리가 오니 다리가 덜덜 떨렸다. 남들은 트레킹을 위해 몇 달씩 체력을 키워오기도 한다는데 우리는 4개월 이상을 걷기조차 제대로 안 했으니 몸에 무리가 가는 건 당연했다. 안나푸르나 트레킹은 보름 동안 이렇게 걸어야 한다. 어지간한 체력과 정신력 없이는 할 수 없다. 트레킹을 마치고 3일 동안 심한 근육통으로 앉지도 걷지도 못하는 웃지 못할 상황마저 이젠 추억 하나가 되었다.

　세계일주라는 단어가 주는 피상적 의미는 나에겐 먹고 노는 행위의 확장일 뿐이었다. 해를 넘기고 또 넘긴 지금 그것은 또 다른 형태의 삶이었다. 희로애락이 있었고, 배움이 있었고 깊이가 있었다. 매일 낯선 환경과 마주하며 오랜 시간 같이 있다 보니 그동안 몰랐던 상대의 약한 모습도 보게 되었다. 누구나 한 가지씩은 어려움이 있기 마련이다. 심하게 아프기도 했고, 특정 사물이나 상황에 대한 공포증으로 힘들어하기도 했다. 예상치 못한 위험한 상황에 놓기기도 했다. 납치를 당해서 극적으로 탈출하고 물에 빠져 죽을 뻔했다. 일상에서는 좀처럼 일어나지 않을 여러 상황을 함께 겪다 보니 서로에게 의지했다. 얼굴색도 언어도 다른 머나먼 나라에서 느껴지는 배우자의 존재는 한국에서 한 번도 느껴보지 못한 감정이었다. 나를 보호해줄 사람은 이 순간 지구상에 단 한 사람뿐이기 때문이다. 힘든 상황을 함께 하며 서로의 소중함을 느끼고, 또한 좋은 순간들을 함께 하니 건강한 추억이 쌓였다. 때로는 싸우면서 포기와 수용을 배웠다. 함께 여행한 1년이 같이 살아온 10년보다 깊었다.

늘 그렇듯 미리 걱정하고 두려워한 일들은

실제로는 일어나지 않았다.

그리고 상상했던 것보다 훨씬 견딜 만했다.

필요 이상의 에너지를 걱정하느라 쓸 필요가 없었는데

알면서도 잘 고쳐지지 않는 내 모습이다.

매일 낯선 환경과 마주하며 오랜 시간 같이 있다 보니
그동안 몰랐던 상대의 약한 모습도 보게 되었다.
누구나 한 가지씩은 어려움이 있기 마련이다.

우리는 겹쳐지는 하나의 선이 아니라

같은 곳을 바라보는 평행선처럼 살기로 했다.

몸과 마음이 하나가 되기보다는 서로를 믿으며

공통의 관심사와 공통의 목표를 향해 함께 나아가기로 했다.

상대와 보폭을 맞춰 함께 걸으며

응원과 격려해주는 삶이 더 건강한 부부의 모습 아닐까.

혼자
설 수 있어야
같이
갈 수 있다

노르웨이 게이랑게르 ○

영국 런던 ○

크로아티아 두브로브니크 ○

태국 푸켓 ○

베트남 나트랑 ○

스페인 바르셀로나 ○

스물아홉.

효도는
셀프

　　　　　유별나게 엄마와 친한 나와 혼자 계신 어머
님을 잘 챙기는 신랑이 함께 특별한 이벤트를 준비했다. 여행을
무척 좋아하시는 두 분을 위해 뉴질랜드 일정에 이어 이번 북유
럽 여행에도 초청하기로 한 것이다.

　주변에서는 어려운 사돈과 2번씩이나 여행하는 것에 대해 걱
정하는 사람도 있었지만 먼 훗날 후회가 남지 않도록 자식으로
서 최선을 다하고 싶었다. 그런데 친정엄마와 시어머님을 모시
고 20일 넘게 다니는 게 생각보다 만만치 않았다. 4명이 20일 동
안 한 공간에 있어야 하는 게 힘이 들었다. 개인적 시간은 바라
지도 않았지만 신랑과 잠시 이야기할 시간조차 없었다. 초행길
장거리 운전에, 숙소 찾기, 저녁 식사 준비, 다음 날 여행 일정
짜기 등 반나절의 휴식도 갖지 못하고 계속되는 빡빡한 스케줄

에 체력이 방전되고 있었다. 게다가 우리도 생전 처음 오는 곳인데 어른들을 모시고 다니려니 신경이 몇 배로 쓰일 수밖에 없었다. 길을 헤매기도 하고, 식당조차 없는 곳도 있었으며, 숙소가 사진과 달라 황당한 적도 있었다. 둘만 있으면 큰 문제될 게 없지만 잘 모셔야 한다는 부담감에 스트레스를 받았다.

시어머님 입장에서는 운전하랴, 짐 나르랴, 장보랴 아들만 고생하는 것 같으니 식사 준비할 때라도 신랑은 좀 쉬길 바라셨지만 나 역시 운전하는 신랑 졸지 못하게 감독하랴, 숙소 체크하랴, 장보랴, 저녁 준비하랴 피곤한 건 마찬가지였다. 어른들은 장시간 이동으로 힘들어하시고, 신랑과 나도 숙소에 도착하면 피로가 몰려오는데 여행 중에 밥까지 해서 먹으려니 중노동이 따로 없었다. 그래도 좋아하시는 어른들을 보니 보람이 있었다.

그런데 갑자기 신랑이 무슨 이유인지 단단히 삐졌다. 입을 굳게 다문 채 하루 종일 한마디도 안하고 굳은 표정으로 운전만 했다. 어른들도 눈치를 채시고 어색한 분위기에 좌불안석이셨다. 살면서 둘이 아무리 싸워도 딱 1번 빼고는 부모님 앞에서는 티를 낸 적이 없었다. 걱정시켜드리기 싫었기 때문이다. 화가 난 정확한 이유도 모르겠지만 그보다는 신랑의 태도에 너무나 당황스럽고 화가 났다. 당연히 원인은 나 때문이다. 그러나 난 지금 최선을 다하고 있다. 서운한 게 있다면 그건 신랑의 과한 효심의 부작용일 것이다. 그런 서운함을 둘이 있을 때 대화로 풀면 좋을 텐데 그는 아무 말도 없었다. 혹시 내가 신랑에게 무슨 큰 실수를 한 게 있냐며 걱정하시는 엄마의 모습에 더 속상했다.

예전 같으면 신랑의 화내는 모습이 싫어서 이유도 모른 채 미안하다고 했을 텐데, 이번엔 그러고 싶지 않았다. 짐작이 가는 건 있었으나 납득이 되지 않는 이유였고, 신랑이 먼저 얘기를 꺼낼 때까지 기다리는 게 좋을 것 같았다. 그러나 그는 입을 닫은 채 나를 애먹였고, 일부러 유치한 행동을 한다고 생각한 나는 마음의 거리가 더욱 멀어질 수 밖에 없었다. 그의 모습이 실망스러웠다.

결혼 생활을 하면서 많은 시행착오를 거치며 느낀 것이 있었다. 타인의 기대를 만족시키기 위해 사는 삶은 내 삶이 아니라는 것이다. 그 기대는 점점 높아질 것이고 그것에 부응하기 위해 나는 내 마음의 목소리를 무시한 채 꼭두각시가 되어 나를 잃어갈 것이다. 그러고는 상대가 나를 인정해주지 않거나, 고마워하지 않는다며 속상해할 것이다. 이 세상에 자기 마음 같은 사람은 없다. 나를 낳아준 부모도 내 마음을 몰라줄 때가 있는데 하물며 배우자는 피 한 방울 섞이지 않은 남이다. 그가 내 마음을 다 알아준다니, 무리한 기대였다. 나 또한 그의 마음을 절대로 다 알 수가 없다.

내가 생각하는 최선과 상대방이 기대하는 것은 다를 수 있다. 내가 세운 기준에서 최선을 다하되 그것을 어떻게 받아들이냐는 상대의 몫이다. 남의 평가에 대해 일희일비하지 않기로 했다.

청찬받고 싶은 욕구, 욕먹는 것에 대한 두려움에서 벗어나지 않으면 누군가의 눈치를 보며 살 수밖에 없다. 그것은 내가 주도하는 삶이 아니라 타인에 의해 조정되는 삶이며 휘둘릴 수밖에 없다. 착한 사람 콤플렉스에서 벗어나기로 했다. 딸 같은 며느리, 착한 마누라, 효녀 딸이 되기 위해 무리하지 않기로 했다.

신랑은 내 남편이기 전에 시어머님의 귀한 아들이었다. 이 당연한 원칙을 인지하는 데 오랜 시간이 걸렸다. 결혼하면 배우자가 먼저여야 한다는 강박관념에 사로잡혀서 상대를 불편하게 만들고, 그 기대에 어긋날 때마다 갈등으로 이어졌다. 모든 부부가 똑같은 원칙을 적용할 수 없다. 부부가 중심을 갖되 상대 부모보다 내가 먼저이길 바라는 건 과한 욕심이었다.

우리 부부가 유대감이 적었던 이유 중 하나는 아이가 없는 것이었다. 아이가 있는 가정만큼 한 가족이라는 유대감이 약했다. 나에게 가족은 나와 신랑이 아닌 나와 부모님이었고 그 또한 그랬다. 중심을 못 잡은 또 하나의 이유. 우리는 너무 착한 딸, 착한 아들이었다. 자기 부모와의 친밀함이 깊다 보니 상대방도 자기와 같은 마음이길 바랐다. 물론 그렇게 되면 더할 나위 없이 좋지만 현실적으로 쉽지 않았다. 배우자에게 부담을 주게 되고 의무처럼 느껴지니 충돌이 생겼다. 사위는 아들이 될 수 없고 며느리는 딸이 아니다. 시어머님도 친정엄마가 될 수 없고 장모님도 엄마가 아니다. 이 모든 것을 인정하면 되는데 그 과정이 서툴렀다. 상대방의 부모님에게 도리를 다하되 본인의 부모님에게는 알아서 더 챙기면 되는 간단한 일이었다.

전통적 사고나 사회적 규범이 만든 틀 안에 억지로 끼워 맞추려던 우리는 이제 우리만의 룰을 만들어 지켜나가기로 했다. 인생에는 정답이 없었다. 이렇게 해야 한다, 저렇게 해야 한다라는 강박관념에서 벗어나 우리만의 답을 찾아가는 중이다.

서른,

부부는 일심동체가
아니었음을

　　　　　　　내키지 않은 여행을 같이 떠나는 조건으로
나는 여행 중에 언제든 한국에 다녀올 수 있는 찬스를 조건으로
요구했다. 한국 음식이 그립고, 조카가 보고 싶고, 집이 그리울
때 언제든 쓰리라 마음먹었다.

　이미 여행 초반부터 다녀오고 싶은 마음이 굴뚝같았지만 아
끼고 아껴서 정말 힘들 때 쓰려고 했다. 그러나 남미에 도착해서
향수병이 심하게 왔을 때는 이미 멀리 와버린 후였다. 한국을 가
려면 꼬박 이틀이 걸리니 비행기 공포가 있는 나에겐 무리한 일
정이었다.

　남미여행이 끝나고 유럽으로 넘어와 드디어 그렇게 가고 싶
었던 한국행 비행기에 몸을 실었다. 신랑은 자기를 혼자 두고 한
국을 다녀오려는 나를 이해하지 못하며 무척 서운해했다. 그러

우리 아이 없이 살자

나 나는 신랑을 이해시키려는 욕심을 버리고 내가 원하는 것에 충실하기로 했다.

한국에서 보낸 10일간의 달콤한 휴식을 마치고 다시 영국 런던으로 날아와 신랑과 합류했다. 1시간의 비행도 힘든 나에게 10시간의 비행은 고문이었지만 누구에게도 의지할 곳이 없다는 사실에 오히려 자포자기가 되었다. 청심원 한 알 먹어주고, 읽고 싶었던 책 한 권을 들고 탔다.

오랜만에 신랑과 떨어져 있으면서 많은 생각이 들었다. 내가 너무 신랑에게 의존하며 산 게 아닌가. 신랑의 말 한마디, 행동 하나에 흔들리고 상처받으면서도 더 많은 애정을 받기 위해 나를 무시한 채 살아온 게 아닌가. 진정한 부부란 어떤 모습 이어야 하나. 신랑과 어떤 마음으로 살아가는 게 맞을까. 나는 어떻게 살아야 하는가.

양가 어머님과의 노르웨이 여행은 우리 부부에 대해 여러 가지 생각들을 정리할 수 있는 좋은 계기가 되었다. 우리는 결코 하나가 될 수 없는 평생선 같은 관계였다.

서로의 다름에 매력을 느껴 결혼했지만 그것으로 인해 상처를 받았다. 방법을 몰라 쩔쩔매는 사이 마음은 지쳐가고 몸이 견디다 못해 탈이 났다. 다름을 이해한다는 것은 생각보다 훨씬 어려웠다. 같은 언어를 쓴다면 대화를 통해 어떤 것도 풀 수 있을 줄 알았다. 그러나 상황을 해석하고 이해하는 뇌의 구조 자체가 다르다는 것을 깨닫기까지 많은 시간이 걸렸다. 머리로 이해하면 안 되고 무조건적으로 받아들여야 했다.

하나부터 열까지 달랐다. 경제관념, 삶을 바라보는 시각, 대인관계 방식 등등 모든 게 달랐다. 싸울 때의 신랑은 내 이해를 벗어나는 논리로 무장한 채 한 치의 양보가 없었고, 있는 그대로 화를 드러냈다. 그런 모습에 나는 상처를 받고 억울한 마음이 쌓여갔다. 서로를 이해하지 못하고, 바뀌지 않는 상대에 대한 실망과 좌절이 계속됐다. 부부 사이에 절대 하지 말아야 할 금기어까지 뱉어내며 상처주기에 혈안이 되어 있었다. 님에서 점 찍으면 남이라는 말을 그때야 이해했다. 내가 왜 이런 사람한테 마음을 나눴는지 후회가 되었고, 한지붕 밑에 살아도 마음의 거리는 태평양보다 멀었다. 마음이 허전하고 슬펐다. 결혼이라는 것이 참 어렵게 느껴졌다. 무엇하나 같은 게 없고, 싸울 일은 수도 없이 많았다.

어느 순간 잔소리를 멈추고, 내 기준으로 상대를 바꾸려던 노력을 멈췄다. 누군가를 바꿔보려는 노력이 얼마나 어렵고 어리석은지 깨달았다. 솔직하게 내 마음을 들여다보니 상대의 어떤 행동이 나에게 피해가 될까 봐 걱정되는 마음도 있었다. 진심으로 그를 위한 잔소리도 있겠지만 그가 잘못되면 나에게도 영향이 미치기 때문에 하는 잔소리도 많았다. 또한 늦게 결혼한 만큼 더 잘 살아야 한다는 부담감에 마음이 급했다. 그러나 모든 것은

우리 아이 없이 살자

내 욕심이라는 생각이 들었다. 싸우고 상처받으면서도 여자는 남편의 사랑을 받아야 행복하다는 오래된 사고 안에 갇혀 남편에게 필요 이상 의존하며 관심 받고자 노력했었다. 무엇이든 함께 해야 하고 시간을 같이 보내야만 사이좋은 부부라는 강박관념이 있었다. 그 틀이 자유롭게 살길 원하는 신랑을 더욱 답답하게 만들었을 것이다.

타인에게 의존하는 삶은 건강한 삶이 아니었다. 자존감이 바닥까지 내려가니 초라한 내 모습이 보이기 시작했다. 그때서야 정신이 번쩍 나며 오기가 생겼다. 자존심이 상했다. 주체적 삶을 살아야겠다는 생각이 들었다. 신랑에게 의존하지 말고, 바라지 않기로 했다. 내가 원하는 삶을 위해 노력하고 집중하니 상대의 삶도 당연히 존중해주게 되었다.

의지와 의존은 달랐다. 주체적 삶을 살면서 서로 '의지'하는 것은 긍정의 에너지를 주고받는 쌍방통행이지만 한쪽이 일방적으로 '의존'하는 삶은 상대방의 에너지를 가져다 쓰는 일방통행과 같았다. 게다가 부부는 일심동체라는 틀에 얽매어 각기 다른 모양의 선을 하나로 합치려는 노력이 어쩌면 관계를 더 힘들게 했을지 모른다. 육체가 다르고 성이 다른데 한 몸과 한 마음을 갖는다는 건 어쩌면 불가능에 가까운 것이다. 그 말의 본뜻은 같은 곳을 바라보며 그곳을 향해 같이 가라는 것이 아닐까?

우리는 겹쳐지는 하나의 선이 아니라 같은 곳을 바라보는 평행선처럼 살기로 했다. 몸과 마음이 하나가 되기보다는 서로를 믿으며 공통의 관심사와 공통의 목표를 향해 함께 나아가기로 했다. 상대와 보폭을 맞춰 함께 걸으며 응원과 격려해주는 삶이 더 건강한 부부의 모습 아닐까.

그러기 위해서는 내 삶에 더 충실하고 내 마음이 편안해야 상대도 응원해줄 수 있는 여유가 생긴다는 것을 깨달았다. 이제는 주말에 혼자 밥을 먹어도, 각자의 취미 생활로 바빠도 서운하거나 외로워하지 않는다. 그래야 같이 있을 때 더 즐겁기 때문이다.

우리 아이 없이 살자

서른하나,

이제야 나를
사랑하게 되었다

'나를 사랑하자'는 말은 수많은 자기계발서의 진부한 주제일 뿐이었다. 이제껏 나에게 사랑이란 단어는 타인을 향한 감정이었고 그것이 나를 향한 감정도 될 수 있다는 것을 생각조차 해본 적이 없었다. 타인에게 받는 사랑만이 사랑의 진정한 의미였고 나의 관심사였다. 또는 어쩌면 내가 나를 사랑한다는 건 당연한 게 아닌가? 라고 착각했을지도 모른다.

어느 날 깨달았다. 내가 나를 향한 감정은 자존심이지 자존감이 아니었다. 사랑이 아니라 남에게 잘 보이고 싶다는 욕심이었다. 사랑은 조건이 붙지 않을 때 그 순도가 높아진다. 자식을 향한 사랑이 그러하고, 부모에 대한 사랑이 그렇다. 그러나 내 스스로에겐 늘 조건을 걸었고, 부족한 내 모습을 끊임없이 지적하며 더 나은 모습을 보여주면 칭찬해주겠다며 사랑에 인색했다.

신랑과 다툴 때마다 자존심뿐 아니라 자존감도 낮아졌다. 못나고 부족한 내 모습이 싫었다. 내가 행복하지 않으니 남을 사랑할 마음의 힘이 약했다. 부족한 모습이 있다면 개선하려고 노력하면 되는데 근본적인 문제는 회피하면서 상대방의 관심과 사랑을 받기 위해 얄은꾀만 부렸다. 그럴수록 상대방은 멀어져가고 나는 그 모습에 상처를 받으며 상대의 사랑을 잃을까 봐 전전긍긍하는 악순환이었다.

반복되는 시행착오를 거치면서도 늘 삶의 중심은 내가 아닌 상대방이었다. 나를 들여다볼 생각은 못하고 상대가 나를 어떻게 생각할지에만 초점이 맞춰져 있었다. 우리의 삶에 흐르는 부정적인 에너지를 차단시키는 계기가 바로 여행이었다. 함께 많은 시간을 보내며 신랑과의 유대감이 형성되고, 스스로에 대한 자신감도 생기면서 그동안 내가 나에게 너무 무심했다는 걸 깨달았다. 앞으로는 나 스스로 중심이 서야 한다는 생각이 들었다.

남이 나를 어떻게 생각하는지에 관심을 줄이고, 있는 그대로의 나를 사랑하고 받아들이기로 했다. 내가 특별히 잘하는 것이 있고, 남들보다 예쁘게 생기고, 돈을 많이 벌어서가 아니라 지금의 내 모습에 좀 더 후한 점수를 주기로 한 것이다. 성격이 까칠해도, 남들보다 다리가 굵어도, 돈을 많이 벌지 못해도 나는 너무 소중한 존재라는 것을 의도적으로 되뇌었다.

이 세상에 완벽한 사람은 없지 않는가? 나는 최선을 다해 살고 있고, 남에게 피해를 입히지 않고 선량하게 살려고 애쓰며, 부끄럽지 않게 살려고 노력하고 있었다. 스스로 떳떳한 게 가장 중요했다. 현재 얼마나 이뤘는지는 중요한 게 아니었다. 무엇보다 나를 끔찍이 사랑해주시는 부모님의 소중한 딸이고, 나는 이 세상에서 유일한 사람이다. 진부한 표현이지만 정말 그런 생각이 마음 깊은 곳에서부터 들었다. 흔히 말하는 '내가 나를 사랑하지 않는데 남이 나를 어떻게 사랑할 수 있으며, 또 내가 남을 어떻게 사랑해줄 수 있느냐'가 무슨 말인지 이제야 이해가 되었다.

나를 사랑해주는 것도 이리 어려운데 나와 다른 타인을 사랑하는 건 불가능에 가까웠고, 내가 나를 예뻐해주지 않는데 남이 나를 아껴주기를 바라는 것 또한 기적에 가까운 것이었다. 내가 행복하지 않을 땐 모든 세상이 우울하게 보였고, 내가 몸이 아플 땐 만사가 힘들었다. 모든 세상의 시작은 나이고 내가 어떤 색의 안경을 끼고 세상을 바라보는지에 따라 세상의 밝고 어둠이 결정되었다.

내가 행복해야 세상이 행복하게 보이고, 그 넘치는 에너지를 세상을 향해 뿜어낼 수 있다. 내가 불행한데 누군가를 행복하게 해줄 수는 없다는 건 너무 자명했다. 그 행복을 만드는 곳이 '나'라는 제작소이고, 그 제작소가 깨끗하고 튼튼할 때 양질의 행복을 생산해낼 수 있다. 그 제작소를 돌보는 것이 바로 나를 돌보는 것, 나를 사랑하는 것이었다.

누군가와 문제가 생겼을 때 모든 원인을 내 탓으로 돌리고, 자책하는 것은 올바르지 않다. 내 행동을 되돌아보고 개선하면 된다. 여전히 나는 소중한 사람이고, 사랑받을 자격이 있다. 누군가에게 사랑을 갈구하지 않기로 했다. 심지어 어떤 사람도 나를 사랑해주지 않아도 내가 나를 사랑해주기로 했다.

이 세상 두 분, 나를 낳아주신 부모는 나를 사랑하신다. 그거면 충분하다. 부모님 외에 나를 본인보다 더 사랑해주는 사람이 있을까? 나는 남녀 간의 사랑은 조건적 사랑이라고 생각한다. 물론 순수하게 사랑하는 마음이 기본 바탕이겠지만 마음 깊숙한 곳에는 손해보고 싶지 않은 욕구가 있다. 내가 준 만큼 받고 싶고, 심지어 준 것보다 더 받고 싶어 한다. 그렇기에 배우자에게 내가 준 것보다 더 큰 사랑을 요구하면 반칙인 것이다. 건강한 사랑을 주고받으려면 내가 나를 먼저 사랑하고 그 넘치는 사랑으로 배우자를 사랑해주면 된다. 내가 준 사랑보다 적은 사랑을 돌려받는다 해도 내가 나에게 준 사랑이 충만하면 쉽게 상처받지 않을 것이다.

내가 나를 미워하면서 남에게는 나를 예뻐해달라는 모순된 행동을 했던 나였다.

서른둘,

외로움과
친해지기

크로아티아에서 가장 아름답다는 드라이브 구간인 스플리트—두브로브니크를 지나고 있다. 과연 소문답게 입이 다물어지지 않는다. 아드리아 해의 푸른 바다와 산호빛 바다가 번갈아가며 펼쳐지고 반대편으로는 거친 돌산이 병풍처럼 둘러싸고 있다. 돌산 밑에는 붉은색 지붕의 아기자기한 집들이 1장의 엽서처럼 펼쳐져 있다.

그동안 나를 감동시킨 바다는 의외로 없었다. 내가 가장 좋아하는 바다는 태평양의 어느 유명한 섬도, 자연의 신비를 간직한 에콰도르 갈라파고스도, 화려한 리조트로 유명한 멕시코의 칸쿤도 아닌 속초의 겨울 바다였다. 화려하게 잘 꾸며진 바다보다는 힘든 일상을 훌쩍 떠나 회 한 접시에 겨울 파도소리를 안주 삼아 들으면 더 이상의 행복이 없었다. 나를 위로해주는 속초의 바다가 가장 나에게 아름다웠다. 그러나 오늘 그 순위가 바뀌려 한다. 아드리아 해의 다소곳한 잔잔함과 과하지 않은 푸르름의 빛깔에 푹 빠져버렸다.

언제 또 볼지 모르는 아름다운 풍경을 보면서도 한 남자는 말이 없었다. 출발 전 스플리트 캠핑장에서 텐트를 철거하던 중 설거지통을 보던 신랑이 한마디 한다.

"행주를 설거지통에 넣으면 어떻게 해, 비닐봉투에 따로 넣어야지!"

유독 위생에 예민한 신랑은 집에서도 부엌만 들어가면 잔소리꾼이 된다. 그렇게 끔찍이도 몸 생각하는 사람이 술은 어찌 많이 마시는지. 앞뒤가 맞지 않는다. 캠핑이라는 게 어차피 살림하듯이 완벽할 수 없는 환경인 걸 알면서도 설거지 한 번 하지 않으면서 지적만 하는 신랑의 태도에 나도 불만이 쌓였다. 기분이 좋을 때는 넘어가지만 그날은 유독 참기가 힘들었다.

"지적 좀 그만해! 그럼 오빠가 설거지를 하든지!"

신랑이 가장 듣기 싫어하는 말 중의 하나는 '지적'이라는 단어였다. 신랑은 나를 위한다고 해주는 충고인데 쓸데없는 지적질

우리 아이 없이 살자

로 치부되는 게 몹시 기분 나쁘다고 했다. 그러나 나에게는 정말로 의미 없는 지적질로 들리는 걸 어쩌랴. 그가 보여주는 명령조의 말투와 차가운 눈빛은 절대 다정한 조언이 아닌 감정이 들어간 불쾌한 지적질이었다.

신랑의 주장은 이랬다. 자기가 남도 아닌데 너는 왜 그렇게 방어적이냐, 너는 나에게 잔소리 할 거 다하면서 내가 무슨 얘기만 하면 지적질이라고 하느냐, 그렇게 예민하게 반응하면 너와 무슨 말을 할 수가 있겠냐. 그 이후로 신랑은 두브로브니크에 도착하는 내내 말 한마디 하지 않았다.

신랑은 나랑 얘기를 하다 뭔가 불만이 생기면 갑자기 입을 닫고 침묵시위에 들어간다. 왜 화가 났는지, 어떻게 해줬으면 좋겠다는 말이 아예 없다. 나는 이유도 모른 채, 몇날 며칠을 유령 취급당하는 기분에 무안해진다.

지금 우리는 세계 여행 중이다. 하루하루가 얼마나 소중한데 자기감정에 빠져 아까운 시간을 흘려보내고 있단 말인가. 그의 침묵시위가 길어질수록 점점 화가 났다. 남들이 보면 내가 결정적인 문제를 일으켜 결혼 생활의 끝을 고민하는 부부인 것처럼 신랑에게서 냉기가 뿜어져 나왔다.

'그래, 계속 그런 식으로 하려면 해. 이렇게 좋은 데 와서 그래봤자 오빠만 손해야.'

두브로브니크 숙소에 도착했다. 늘 그랬듯 차가운 모습으로 그날 일정을 거부하고 방콕 모드에 들어간다. 마치 여행하기 싫어 죽겠는데 좋은 핑계거리가 생긴 사람처럼 보였다. 언제 또 올 수 있을까 싶을 정도로 아름다운 곳에 와서 필요 없는 감정싸움으로 금쪽같은 시간을 버리는 게 너무나 속상하고 화가 났다. 그러나 여기서 얘기해봤자 쉽게 풀리지 않을 것임을 안다. 내 기분도 무척 가라앉았지만 나마저 처져 있다면 억울할 것 같았다. 무엇보다 한 공간에 있기 싫었다. 이럴 땐 떨어져 있는게 상책이다. 혼자라도 즐기자!

늘 같이 다니다 막상 낯선 나라, 낯선 도시에 혼자 나가려니 살짝 긴장이 되었다.

감흥을 나눌 사람이 없어서 혼잣말을 중얼거리기도 하고, 셀카 찍기도 민망해서 풍경 사진만 열심히 찍어댔다. 케이블카를 기다리면서 어색한 시선 처리가 불편하기도 했다. 워낙 유명하고 로맨틱한 관광지이기에 혼자 다니는 사람은 나밖에 없는 듯했다. 게다가 한국 단체관광객이 많아 괜히 신경이 쓰였다. 그럼에도 불구하고 혼자만이 다니는 묘한 재미가 있다! 이 골목 저 골목 기웃거리며 윈도 쇼핑도 실컷 하고, 드라마 주인공이 된 것처럼 노천카페에서 커피도 마시며 기분을 한껏 내본다.

두브로브니크는 아드리아 해의 진주라고 불릴 만큼 아름다운 곳이다. 푸른 바다와 구시가지가 잘 어울린 동유럽 최고의 휴양

지이다. 7세기 도시 형성 이후 해상 무역의 중심 도시이기도 하고, 크로아티아의 필수 여행코스다. 성블라이세 성당, 성사비오르 교회, 스트라둔 거리, 루자 광장, 스폰자 궁전 등 구시가지를 둘러보며 10월의 기분 좋은 햇살을 만끽한다. 맛있는 아이스크림을 입에 물고 잠시 쉬어가며 지나가는 사람도 구경한다.

두브로브니크의 하이라이트는 성곽 투어다. 구시가지를 빙 둘러싼 높이 25미터, 길이 2킬로미터의 성곽을 돌며 여러 각도에서 도시를 둘러볼 수 있는 게 매력적이다. 아드리아 해와 구시가지를 한눈에 담을 수 있고, 밑에서 보는 높이보다 실제로는 훨씬 높아서 현지인들의 사는 집 내부까지 살짝 훔쳐볼 수도 있다. 살짝 울적했던 마음도 단번에 날려줄 만큼 아드리아 해는 아름다웠다. 이제껏 보았던 여느 바다하고는 달랐다. 깊고 푸른색의 잔잔한 바다와 하얀 배, 크고 작은 섬은 한 폭의 작품이다.

연인들은 모델 놀이하느라 성곽 투어의 진도가 안 나간다. '쳇, 나도 여기서 작품 사진 하나 찍어야 되는데.' 숙소에 퍼져 있을 신랑이 미웠다. 그런 찰나에 센스 있는 한국 아가씨 둘이서 "사진 찍어드릴까요?"라며 인증샷을 찍어준다. 이런 고마운 분들 같으니라고. 덕분에 낯선 이들과도 자연스럽게 말을 나누게 된다. 나 또한 보답으로 그들의 사진을 예쁘게 찍어준다.

크로아티아는 신랑도 처음이라 같이 보면 좋을 텐데. 어쩔 수 없는 아쉬움과 미움이 교차한다. 좋은 곳에 와서 둘 다 뭐하는 건지 마음 한구석이 씁쓸했다.

'오빠 나름대로 나에게 서운한 게 많은가 보네. 내가 아직도 오빠에게 많이 부족한가 보다. 나도 오빠의 이런 모습이 쉽지 않네. 무엇을 어떻게 해야 하는지 아직도 잘 모르겠어.'

결혼해도 외로울 때가 있다. 혼자여도 물론 그럴 것이다. 혼자 사는 사람은 지지고 볶아도 둘이 사는 게 낫다고 하고, 결혼한 사람들은 부부가 안 맞으면 더 외로울 수 있다고 말한다. 어떤 게 더 외롭다고 말할 순 없다. 인생이 원래 외롭기 때문이다. 둘이 있으면 외롭지 않을 거라 생각했는데 어쩌면 그 기대감이 사람을 더 외롭게 만드는 것 같았다. 외로움은 인간과 영원히 함께 할 친구일지도 모른다.

결혼 생활 중 가끔씩 외로움이 느껴질 때 그것을 떨쳐내려고 하는 노력이 더 나를 외롭게 했다. 걸 사람도 없는 전화기를 만지작거리고, 혼술도 해본다. 슬픈 영화를 보며 눈물을 짜내기도 한다. 어느 날 문득 외로움은 멀리해야 할 대상이 아니라 친해져야 할 감정이라는 생각이 들었다.

그 시간들이 유쾌하지 않아서 자꾸 피하려 하는 게 아니라 진한 고독을 한 발짝 거리를 두고 음미해보기도 하고, 때로는 뒤엉켜서 허우적거리며 그 시간을 견뎌내 보았다. 인간은 누구나 외

우리 아이 없이 살자

롭다는 걸 인정하니 나만 외로운 것 같은 슬픔도, 나만 힘들다는 억울함도 점점 없어졌다. 시간이 갈수록 혼자서도 삶을 즐길 줄 알게 되고 혼자 있는 시간이 두렵지 않았다.

어차피 이 세상 혼자 왔고 혼자 가는 거다. 나를 낳아준 부모님도 내 마음을 다 알 수는 없고, 친한 친구라도 마음을 다 나눌 수는 없다. 배우자와 아무리 사이가 좋아도 내 마음을 100퍼센트 알 수는 없다. 외로움이 힘들어서 자식에게 의존하고, 친구에게 의지하고 남편에게 관심을 구걸하지 말자. 이 세상에 자기마음 같은 사람은 없다.

그렇기에 외로움은 할 수 있는 한 스스로의 힘으로 견디고 관리해야 한다. 외로움은 분명 유쾌한 감정은 아니지만 태어난 이상 필연적인 감정이다. 남들은 즐거운데 나만 외롭다는 생각에 더 외로움을 키운다. 그러나 내가 느낀 것은 인간은 모두 외롭다는 것이다. 슬퍼할 것도, 억울할 것도 없다.

우리 부부는 더욱 외로움과 친해져야 할 의무가 있다. 나이 들어 찾아올 자식이 없는 우리는 노년에 남들보다 더 외로워할지도 모른다. 게다가 언젠가는 둘 중 한 명은 혼자 남을 것이다. 그때를 잘 이겨낼 수 있도록 외로움과 친해져야 한다.

둘이 있으면 외롭지 않을 거라 생각했는데

어쩌면 그 기대감이 사람을 더 외롭게 만드는 것 같았다.

외로움은 인간과 영원히 함께 할 친구일지도 모른다.

우리 부부는 더욱 외로움과 친해져야 할 의무가 있다.

나이 들어 찾아올 자식이 없는 우리는

노년에 남들보다 더 외로워할지도 모른다.

게다가 언젠가는 둘 중 한 명은 혼자 남을 것이다.

그때를 잘 이겨낼 수 있도록 외로움과 친해져야 한다.

서른셋,

누굴 믿고
살아야 할까?

　　　　　푸켓을 가기 위해 방콕 공항에서 수하물 검
사를 통과하는 순간이었다. 1년간 소중히 가지고 다니던 빅토리
녹스 나이프 일명 맥가이버칼이 신랑 가방에서 나왔다. 20여 년
전 스위스 유학을 마치고 돌아오던 신랑이 지금은 돌아가신 시
아버님께 선물해드린 의미 있는 물건이었다. 생전에 한 번도 사
용하지 않으셨는지 새것 그대로였고 신랑은 여행을 떠나면서 수
호품으로 챙겨갔다.

　공항 직원에게 통사정을 해도 냉정하게 빼앗는 모습에 신랑
의 얼굴엔 눈물이 글썽인다. 네팔에서도 걸리지 않았는데 안타
깝게도 여행 마지막 국가에서 걸린 것이다. 속상해하는 신랑을
위로하며 끝까지 긴장을 늦추지 말라는 시아버님의 메시지로 받
아들이고 지친 몸과 마음을 달래기 위해 우리는 세계 여행 마지

막 도시 푸켓으로 이동한다. 마지막까지 빡빡한 여행을 할 것인가 쉬면서 정리하는 시간을 가질 것인가 고민했으나 네팔에서 무리한 트레킹으로 지친 몸도 회복하고 좋아하는 스노클링도 실컷 할 수 있는 푸켓으로 결정했다.

와. 네팔의 열악한 환경에 있다가 마주한 태국은 말 그대로 천국이었다. 인도네시아 족자카르타에서 고생하다 뉴질랜드에 도착했을 때 느낌과 너무나 비슷했다. 한국에서 갈 때는 태국의 특별함을 느끼지 못했는데 네팔에 있다 오니 태국은 여행자의 천국이었다. 새벽까지 운영하는 바와 다양한 먹거리, 마사지숍, 깨끗한 숙소. 이 모든 것이 얼마나 새롭게 다가오던지. 역시 행복은 상대적이다. 그러나 태국에 도착하자마자 긴장이 풀린 탓인지 극심한 생리통에 3일을 꼬박 움직이지 못하고 숙소에서 보내야 했다. 그나마 여행 막바지라 다행이다. 신랑이 싸고 맛있는 망고를 열심히 사다 날랐다.

스노클링을 할 수 있는 조용한 곳을 찾다가 푸켓 섬 남단에 있는 반크라팅 리조트를 발견하고 럭셔리 찬스를 사용하기로 했다. 말은 럭셔리지만 비싸지 않은 가격에 프라이빗 비치를 맘껏 이용하니 힐링이 따로 없다. 바다를 너무나 좋아하는 신랑은 하루종일 몇날 며칠을 스노클링에 빠져 있다. 지치지도 않는지 물속 모래까지 파고들어갈 기세다. 저렇게 물을 좋아하는 사람이 도시에서 살려니 얼마나 답답할까 짠한 마음까지 든다. 은퇴 후 살고 싶은 곳을 이미 찜해놓은 신랑은 김칫국부터 마신다.

"에콰도르 갈라파고스도 좋구, 멕시코 여인의 섬도 좋아! 캄
보디아, 라오스 루앙프라방도 좋구, 푸켓도 좋지~"
"응… 알았어. 오빠 살고 싶은 데서 살아! 난 한국에 있을게
~~"

여행과 사는 것은 다르다. 물가 싸고 바다 있다고 다는 아니
다. 무엇보다 1년 내내 더운 날씨가 싫고, 나는 한국 음식 없인
하루도 못 산다! 각자 꿈꾸는 노년의 삶마저도 서로 다른 우리
부부.

"그럼 반은 한국에서, 반은 외국에서 살면 되겠네!"

나의 좋은 제안에 신랑이 한술 더 뜬다.

"에이, 같이 살아야지, 혼자 살면 괴롭힐 사람 없어서 심심
해."

싸운다는 건 어찌 보면 애정이 남아 있고, 힘이 남아 있다는
증거다. 싸울 상대가 있다는 게 그리워질 때가 올 것이다. 지금

우리 아이 없이 살자

은 밥하기가 지겹다고 해도 언젠가는 그때가 좋았다고 말할 것이다. 우리는 이것을 너무 늦게 깨닫는다. 이 세상을 떠날 때 많은 후회를 하고 싶지 않다. 하고 싶은 일, 하고 싶은 말, 사랑하는 것, 모두 지금 해야 한다는 생각이 든다. 1년 동안 투덜이 약골 마누라 데리고 다니느라 고생한 신랑을 위해 작은 선물을 주고 싶었다.

"15일간 태국에서의 자유 시간."

게스트하우스 일 때문에 먼저 한국으로 들어가야 하기도 했지만 그동안 나 때문에 신경 쓰느라 온전한 자기만의 시간을 갖지 못한 신랑에 대한 미안함이 컸다.

예전의 나였다면 있을 수 없는 일이었다! 어떻게든 끝까지 같이 있다가 귀국했을 것이다. 사람들은 싸우고 먼저 온 거냐며 걱정의 눈빛을 보낸다. 신랑을 어떻게 믿고 태국 같은 곳에 혼자 두고 왔냐고 나보다 더 걱정을 하는 사람도 있다. 예전의 나는 스스로를 사랑하는 마음이 약하니 상대방을 믿어주는 힘도 약했다. 신랑의 모든 것을 알아야 직성에 풀렸다. 내가 그를 통제할 수 있다고 생각했다. 그건 굉장한 오만이었다. 의심의 눈으로 사람을 보면 정말로 그렇게 보이기 마련이었고 그것에 집착하는 내 자신이 초라해지고 한심해졌다.

4장 혼자 설 수 있어야 같이 갈 수 있다

부부에게도 엄연히 사생활이 있고 자기만의 공간과 시간이 필요하다. 사랑한다면 상대에게 자유를 줄 수 있어야 한다. 그래서 도망가버린다면 애초부터 내 사람이 아닌 것이다. 스스로에 대해 그 정도의 자신감은 있어야 한다. 서로의 믿음이 있다면 간섭해서는 안 된다는 걸 몰랐다. 사실 상대의 일거수일투족을 아는 것은 불가능하고 알 필요도 없고 알아서도 안 된다. 배우자를 믿는 것은 그가 한 점 부끄러움이 없고, 상대가 완벽해서가 아니라 그게 최선이기 때문이다.

매일 위치 추적을 할 것인가? 카드 내역과 핸드폰을 몰래 확인할 것인가? 그것은 남의 인생을 훔쳐보는 도둑질이며 나의 영혼을 파괴하는 행동이다. 상대를 믿어야 한다. 설령 믿음이 안 가는 정황이 감지되면 그때 확인하면 된다. 판도라의 상자를 열어서 좋을 게 없다는 걸 알았다. 그리고 더 중요한 건 나를 믿는 것이었다. 나에 대한 믿음이 있으면 상대에 대한 믿음도 생긴다. 나 스스로 떳떳하게 살고 신뢰를 주면 상대도 그럴 것이다라는 믿음이다. 그러나 만약 상대가 믿음을 저버린다면 그다음은 내가 선택하면 된다. 용서할 것인지 헤어질 것인지는 능동적인 나의 선택에 달려 있다. 내 스스로를 믿는다면 그런 일이 일어날까 봐 미리 두려워하며 에너지를 낭비하지 않을 것이다. 걱정한다고 일어나지 않을 일이 아니기 때문이다.

부부는 사랑보다 신뢰가 더 중요하다. 한번 깨지면 회복이 힘들기 때문이다. 배우자가 반칙할 경우 나만 힘든 게 아니라 당신도 좋을 게 없다는 것을 한번쯤 어필할 필요는 있다. 그러나 더 중요한 건 그를 믿기 전에 나를 먼저 믿는 것이었다. 이것을 깨닫는 데 10년이 걸렸다. 커다란 돌덩이가 내 몸에서 빠져나가는 듯한 홀가분함을 느꼈다.

서른넷.

의존하지 않고,
의지하며

쥐는 내가 가장 무서워하는 동물이다. 시커멓고 통통한 놈이 잽싸게 움직이는 모습이 소름끼칠 만큼 징그럽다. 갑자기 신랑이 자백을 한다.

"원아. 놀라지마. 아까 방에서 쥐 봤어."
"엄마야 어떡해!!!!!"

우리는 지금 베트남의 마지막 목적지인 나트랑을 가기 위해 호치민과 하노이를 연결하는 남북 종단열차를 타고 있다. 객실 안에서 쥐를 봤다는 것이다. 분명 있긴 한데 잡을 수가 없다. 어디로 갔는지 꽁꽁 숨었다. 언제든 내 침대 위로 뛰어오를수 있다고 생각하니 더 이상 앉아 있을 수 없었다. 이리저리 살펴도 보

우리 아이 없이 살자

이지 않는다. 미칠 노릇이다. 에라 모르겠다. 제발 내 눈에 띄지 말고 끝까지 잘 숨어 있어라.

관광객이 많은 베트남인데도 기차역에는 의외로 여행객들이 보이지 않는다. 현지인들 틈에 자리 잡은 우리는 완벽한 이방인이다. 그들은 우리를 신기한 듯 쳐다보고, 우리는 그 시선을 즐기면서도 경계를 늦추지 않는다. 한 사람이 화장실을 가면 나머지 한 사람은 가방을 지킨다. 무게가 있어서 선뜻 훔쳐가긴 힘들지만 방심은 금물이다.

언어와 문화가 다르다는 것은 흥미롭지만 그 속에 융화되기란 힘들다. 같은 언어와 문화 안에서 살아온 남자하고도 말이 안 통하는데 어찌 보면 당연한 거다. 다름은 틀림이 아닌데 우리는 습관적으로 나와 다르다는 것을 쉽게 받아들이지 못한다.

철도가 베트남 동쪽의 남중국해를 따라 놓여 있어 해안가 경관을 감상하며 가보자고 주간열차를 탔으나 어쩐 일인지 논밭만 끝없이 펼쳐진다. 그래도 대학생 이후 타는 기차여서 그런지 설렘이 있다. 4인 1조가 한 객실인데 운 좋게도 우리 둘뿐이었다. 다운받은 영화를 보면서 가니 지루하지 않다. 다른 여행과는 달리 현지인들이 주로 이용하는 교통수단을 체험하는 것도 색다른 재미가 있다.

침낭 속으로 몸을 숨겨 잠을 청한다. 통일 열차라 부르는 이 열차의 침대칸은 승차 후 침대 시트를 준다. 우리가 나트랑에 도착할 때쯤 새로운 승객을 받기 위해 침대를 정리하는데 시트는 교체하지 않고 탁탁 털더니 재사용한다.

'헉. 침낭 사용하길 잘했네. 기차에서 뭘 기대하겠어.'

허기진 우리는 내키진 않았지만 기차에서 파는 음식을 먹어보기로 했다. 역시나 비주얼이 심상치 않지만 시장이 반찬이다. 배고프면 성질부리는 나는 열심히 먹었다.

"와~ 네가 식당 직접 봤으면 이 음식 먹기 힘들었을 텐데 잘 먹어서 다행이야."

"뭐라고!! 그걸 왜 이제야 얘기해? 먹기 전에 말해줬어야지!"

"미리 얘기해주면 뭐해. 너 어차피 배고픈 거 못 참잖아. 위생 상태 알면 네가 먹을 수 있었겠어?"

갑자기 원효대사의 해골 바가지 이야기가 떠오른다. 어쩌랴. 이미 위 속에 있는 음식을. 탈나지 않은 게 다행이다. 우리네 기차처럼 여기도 찐 옥수수, 음료, 과자를 카트에 담아 판매하고 있으나 먹을 만한 게 없다. 이후로 장기 이동할 때는 간식을 별도로 준비해가는 습관이 생겼다.

게스트하우스를 운영하다 보면 남자의 존재가 필요한 몇 가지 일들이 있다. 가끔씩 출현하는 손가락 크기만 한 벌레들, 시도 때도 없이 막히는 변기, 하수구 역류, 시설물 고장, 이웃들과의 마찰 등 전에는 해본 적 없는 일들이 끊임없이 벌어지지만 못 해서는 안 된다. 신속하게 해결을 해야 한다.

새벽 1시에 울리는 전화. 울먹거리는 손님의 목소리에 깜짝 놀라 잠옷 바람으로 내려가면 벌레가 나타났다며 벌벌 떨고 있다. 휴지를 둘둘 말아 잡으면 될 것을! 속이 부글거린다. 그러나 죄송하다고 사과를 한 뒤 재빠르게 벌레를 잡아 죽여야 한다. 나도 벌레가 사랑스럽지 않다. 징그럽고 싫다. 그러나 손님과 같이 호들갑떨 순 없지 않는가? 투철한 직업 정신으로 무사가 되어야 한다. 변기가 막히면 빠른 시간 내에 뚫어야 역한 냄새가 퍼지지 않는다. 압력에 의해 불쑥 튀어나오는, 놀라운 크기의 변을 확인하는 것은 결코 유쾌한 일이 아니다.

사람들이 못한다고 하는 건 대안이 있기 때문이고 절실하지 않기 때문이다. 변기를 뚫어줄 누군가가 있고, 생활비를 벌어줄 누군가가 있기 때문이다. 그 누군가가 없으면 고민할 시간조차 없다. 물론 내가 변기를 뚫지 못하고, 하수구 물을 빼내지 못하면 수리공을 부르면 된다. 그러나 내가 할 줄 안다면 돈도 절약되고 걱정도 덜 될 것이다. 여행도 마찬가지였다. 힘들다고 중도 포기하면 집으로 가는 것뿐이다. 답은 정해져 있다. 완주하고 싶었기 때문에 투덜거렸지만 결국은 해냈다. 못한다는 건 하기 싫다는 것의 다른 표현일 뿐, 능력이 안 되서 못 하는 게 아니다.

"난 돼지국밥을 못 먹어."라는 사람에게 일주일 굶고 먹을 게 그뿐이라면 안 먹을 것인가? "난 화장실 청소는 죽어도 못해." 생활비를 벌어야 하는 가장인데 자리가 그것밖에 없다면?

물론 극단적인 예라는 걸 안다. 연약함이 여자의 미덕인 시대는 지났다는 말을 하고 싶은 것이다. 지금의 시대 사람들은 모두가 바쁘고 힘들다. 물론 여자와 남자의 역할은 있겠지만 상대의 역할까지도 잘 해낼 수 있으면 좋지 않은가. 상대에게 너무 의존하고 나약하게 보이는 건 썩 매력적이지 않다. 능력은 반드시 경제력만을 의미하진 않는다. 자기의 역할을 잘해내는 힘이다.

배우자, 부모, 자식에게 의존하기보다는 내가 강해져서 그들이 나에게 힘을 얻을 수 있는 게 더 보람되지 않을까? 의존하면 기대하게 되고, 뜻대로 안 되면 내 마음이 불편해진다. 남자들이 강한 척해도 때로는 여자보다 약한 존재다. 그들도 울고 싶을 때가 있지만 참는 것뿐이다. 인간은 누구나 강하고 약한 모습을 다 갖고 있다. 누군가의 도움을 받기보다는 도움을 주는 삶이 훨씬 행복하다. 단단해지자. 사랑하는 사람이 기댈 수 있게.

우리 아이 없이 살자

서른다섯,

이제야 보이는
그 남자

　　　　　그는 잘못한 게 없었다. 나와 다를 뿐이었
다. 내가 공황장애로 힘들어할 때 신랑에게 필요 이상으로 의지
했었다. 내 마음이 건강하지 못하니 그도 힘들었을 것이다. 내가
돈 때문에 잔소리할 때 그는 억울했을 것이다. 자기가 번 돈 자
기가 좀 쓰겠다는데 통제를 받아야 하나. 취미 생활한다고 주말
에 나갈 때마다 눈치 보는 게 불편했을 것이다. 자기 삶 자기가
즐긴다는데 왜 눈치를 봐야 하는지. 술 마시고 늦게 올 때마다
잠 못자고 있는 내가 부담스러웠을 것이다. 좋아서 마신다는데
몸이 축나도 자기가 축나는데 왜 그리 예민하게 안 자고 있을까.
　 늘 내가 옳다고 생각했다. 그 대전제를 깔아놓은 상태에서 상
대를 바라보니 상대의 모든 것은 틀렸다. 내가 힘든 것만 보였고
상대의 힘든 모습은 보이지 않았다. 나를 힘들게 하는 원인이 상

대였기 때문이다. 반대로 신랑 입장에서는 내가 이상한 나라의 앨리스였고 내가 자기를 힘들게 한다고 주장했다. 답답했을 것이다. 서로의 모습을 인정하지 못하고, 자기의 모습을 인정받지 못한 채 물과 기름처럼 따로일 수밖에 없었다.

해결의 실마리가 보이지 않았다. 이렇게 계속 살 수밖에 없는지 답답했다. 상대가 조금만 바뀌면 될 것 같은데. 상대가 조금만 양보해주면 될 것 같은데. 그러면 나도 조금 양보할 생각은 있는데. 서로 자존심 싸움을 하며 "미안해."라는 한마디를 먼저 하지 못해 팽팽한 기 싸움을 하고 있는 부족한 너와 나였다.

10여 년의 치열한 전투와 상처, 1년간의 여행, 나를 돌아보는 시간을 통해 그는 잘못한 게 없다는 걸 깨달았다. 나 또한 못난 사람이 아니었다. 단지 다름을 받아들이는 게 서투를 뿐이었고, 어디서도 가르쳐주지 않기에 스스로 깨우치며 배우고 있었다. 10년의 시간이 걸렸지만 결코 헛되지 않았다. 아픈 만큼 성숙해졌다. 내가 편안해지니 그가 편안해 보였다. 그를 배려하려고 노력하니 그가 알아주었다. 내가 나를 사랑하니 상대방이 보였다. 미안하고 안쓰러웠다.

죽을 때까지 사랑이 변치 않아야 한다는 강박관념에 상대를 힘들게 했지만 정작 우리에겐 더 중요한 우정이 쌓여가고 있음을 인지하지 못했다. 남녀간의 이성적 사랑은 식을 수 있지만 그 사랑을 지속하게 하는 가장 강력한 요소는 우정이었다. 좋은 남편, 좋은 아내에 초점을 맞추다 보니 의무감과 기대로 인해 서로를 힘들게 만들었다. 그보다는 서로에게 좋은 친구가 되어 의지하며, 우정을 쌓는 것이 사랑을 더 단단하게 할 수 있다는 것을 깨달았다. 우리는 사랑과 우정 사이가 아닌 우정을 나누며 사랑을 지켜가는 사이가 되어가고 있었다.

부부의 모습은 모두 다르다. 수억 인구의 생김새가 다르듯 모든 부부의 사는 모습도 다른 것이 정상인데 마치 모범답안이 있는 것처럼 끊임없이 비교하며 스스로를 괴롭혔다. 주변의 다른 부부와 비교할 필요도 없고 그래서도 안 됐다. 부부마다 살아가는 모습과 사랑하는 방식이 다르기 때문이다. 어떤 부부는 서로 취미를 공유하며 다정하게 살고, 어떤 부부는 아이를 통해 강한 유대감을 갖기도 한다. 우리 부부는 서로 놀리고 잔소리하면서 관심을 표현한다. 남들이 보면 싸우는 것 같지만 그러면서 정을 표현하고 느낀다.

어느 게 옳다고 말할 수 없다. 둘만이 쌓아온 시간과 애정을 예쁘게 유지하며 살면 되는 것이다. 처음부터 완벽한 부부의 모습이 되려는 나의 욕심이 스스로를 힘들게 했다. 부부가 남녀에서 진정한 가족이 되기까지 어느 정도의 시간이 걸린다는 것을 이제야 알게 되었다.

10여 년의 치열한 전투와 상처, 1년간의 여행,

나를 돌아보는 시간을 통해 그는 잘못한 게 없다는 걸

깨달았다. 나 또한 못난 사람이 아니었다.

단지 다름을 받아들이는 게 서투를 뿐이었고,

어디서도 가르쳐주지 않았기에

스스로 깨우치며 배우고 있었다.

부부의 모습은 모두 다르다.

수억 인구의 생김새가 다르듯

모든 부부의 사는 모습도 다른 것이 정상인데

마치 모범답안이 있는 것처럼

끊임없이 비교하며 스스로를 괴롭혔다.

서른여섯,

만남과
이별

유럽은 쉥겐 조약으로 인해 90일 이상은 체류가 불가능하다. 효율적인 루트와 체류 날짜 등을 고려해서 선택과 집중을 하려니 머리가 아프다.

세계 여행에서 루트를 정할 때는 각 나라별 체류 기간, 여행 형태, 날씨 등을 고려해야 한다. 영국과 프랑스, 노르웨이에서 상대적으로 많은 시간을 보낸 우리는 아쉽지만 스페인, 포르투갈, 이태리 남부는 다음번을 기약하기로 했었다. 그러나 프랑스 남부까지 와서 다시 돌아가려니 조금만 더 가면 있는 스페인을 못 본다는 게 너무 아쉬웠다. 1년을 여행해도 늘 시간은 부족하고 욕심은 끝이 없다. 결국 450킬로미터를 달려 바르셀로나에 도착한 우리는 몸은 피곤했지만 풍부한 해산물과 저렴한 물가, 쾌적한 숙소가 모두 마음에 들어 기분이 한껏 들떠서 첫날부터 홍합에 와인으로 건배를 외쳤다.

　1년 여행 중 뉴질랜드와 노르웨이는 양가 어머님과 함께, 멕시코에서는 신랑 후배와 여행 동지 영이와 함께, 남미와 유럽 스페인까지 영이와 셋이 함께 했으니 사실 우리 부부만 있었던 시간은 생각보다 많지 않았다. 덕분에 둘만 있을 때보다 재미는 있었지만 둘만의 추억이 아쉽기도 했다. 그러나 막상 여행의 절반을 함께한 영이가 먼저 한국에 돌아갈 시간이 되니 마음이 너무 허전했다. 그 먼 칠레 사막에서 누군가를 만나 6개월의 시간을 함께 여행할 거라고는 상상도 못했다. 그만큼 너무나 좋은 친구였고, 고마운 존재였다. 여행에서의 6개월은 6년 이상의 깊이였고 추억이었다. 티티카카 호수에서는 한 방에서 셋이 동침도 하고, 영국 캠핑장에선 폭우로 텐트에 물이차서 쫄딱 젖으면서도 서로 낄낄거리고 좋아했으며, 에콰도르 바뇨스에서는 물 공포가 있는 영이를 꼬셔서 래프팅을 타다가 배가 뒤집혀 죽을 뻔했다. 우유니 사막에서 고산병으로 고생하고, 마추픽추에서는 입이 벌어지는 절경을 함께 보며 행복을 느꼈다. 그동안의 고생과 추억이 한꺼번에 지나가며 가슴이 먹먹했다. 단순한 헤어짐이 아닌 함께 더 만들어갈 추억과의 헤어짐에 대한 아쉬움이었다.

　"그동안 진심으로 고마웠어. 철없는 언니 맞춰주고, 성질 버럭내는 신랑 이해해줘서 고마워. 언니가 해주는 밥 맛있게 먹어줘서 고맙고, 맨손으로 설거지 도맡아하느라 고생 많았어. 한국 가면 영이가 먹고 싶어 하는 해산물 라면 끓여줄게."

영이를 공항에 데려다주고 돌아서는데 눈물이 핑 돈다. 이제 진짜 가는구나. 어차피 몇 달 후면 한국에서 볼 수 있으련만 왜 이리 아쉽고 허전한지.

이제 온전히 우리 둘만 남았다. 원래로 돌아간 것뿐인데 허전한 마음은 좀처럼 사라지지 않았다. 말이 없어진 우리는 한동안 울적한 마음이 계속되었다.

"오빠, 앞으로 남은 여행 동안 잘 지내보자. 원래대로 돌아왔네. 우리 둘뿐이었잖아."

나에게 가장 두려운 것은 이별이다. 고산병도, 비행기도, 공황장애도 아닌 사랑하는 사람과의 이별이 가장 무섭다. 언젠가부터 갑자기 이별이란 단어가 내 머릿속에 인식되었다. 생명이 있는 것은 언젠가는 끝이 있고 누구나 유한한 삶을 산다는 것을 알고 있지만 한 번도 깊게 생각해본 적이 없었다. 마치 판도라의 상자를 연 것처럼 너무나 당연한 사실을 마치 처음 알게 된 사람처럼 당황스럽고 슬펐다.

태어난 것은 축복이지만 헤어짐 또한 축복받은 사람들이 감

우리 아이 없이 살자

수해야 할 슬픔이었다. 몇 년 전까지 주변 친지나 친구 부모님의 죽음을 보면서도 그냥 슬프니까 슬퍼했다. 그리고 곧 괜찮아졌다. 그러나 결혼을 하고, 몸과 마음이 아픈 시간들을 보내며 생각이 많아지고 인생을 바라보는 눈이 조금씩 커졌다.

공황장애와 어지럼증을 겪고, 마음공부를 하며 죽음에 대해 관심이 많아졌다. 사람들은 젊은 사람이 왜 벌써 죽음에 관심을 갖느냐며 의아해했다. 내가 말하는 죽음은 인생의 종착역 아닌 더 잘 살기 위한 동기였다. 삶이 유한하다는 것을 인지하고 더 행복하게 살고 싶은 욕심이 크기 때문이다. 사랑하는 가족, 친구, 반려견, 이 모두와 언젠가는 이별을 해야 한다. 때로는 이별의 두려움이 새로운 만남을 주저하게 만들기도 했다. 그러나 헤어짐이 있기에 인연이 더욱 소중하다는 것을 알았다.

모든 생물체가 영생한다면 지금처럼 사랑하지 않을 것이다. 끝이 있기에 지금 살아 있는 이 순간이 소중한 것이다. 누군가가 미워지려 할 때 난 이별을 생각한다. 어떤 누구라도 미움이 사그라든다. 신이 우리에게 유한한 삶을 준 이유일 것이다. 신랑과 싸울 때는 남보다도 못한 사람처럼 느껴지지만 이 사람이 내 옆에 없다는 상상을 하면 금세 마음이 풀어지곤 했다.

내가 제일 두려워하는 건 이별이라는 걸 신은 미리 알았던 걸까? 나에게 아이를 주지 않으신 것이 배려일 수 있겠다는 생각이 문득 들었다. 부모와의 이별, 친구와의 이별, 배우자와의 이

별만으로도 충분히 슬프기 때문이다. 한때 나를 힘들게 했던 신랑과도 언젠가 이별할 시간이 올 것이다. 그때 후회하지 않기 위해서라도 더 잘해주고 싶다.

우리 아이 없이 살자

전통적 사고나 사회적 규범이 만든 틀 안에
억지로 끼워 맞추려던 우리는
이제 우리만의 룰을 만들어 지켜나가기로 했다.
인생에는 정답이 없었다.
이렇게 해야 한다. 저렇게 해야 한다라는
강박관념에서 벗어나 우리만의 답을 찾아가는 중이다.

문득 이런 생각이 들었다.

우리 부부가 진심으로 아이를 원한 것일까?

선뜻 대답이 나오지 않았다.

적지 않은 나이에 결혼을 했지만

자식에 대한 개념이 별로 없었다.

남들이 다 낳으니까 나도 그래야 된다고 생각했다.

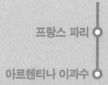

프랑스 파리

아르헨티나 이과수

서른일곱,

아이를
키운다는 것

아시아, 오세아니아, 남미, 중미 여행을 마치고 이제 대망의 유럽 여행이 시작된다. 멕시코에서 미국 플로리다를 거쳐 다시 노르웨이 오슬로 경유, 그리고 파리 도착까지 총 26시간의 대이동을 해냈다. 여전히 비행기는 나에게 도살장 같이 느껴지지만 앞으로 남은 비행 횟수가 줄어들 때마다 산더미같이 쌓인 숙제를 하나씩 해치워버린 듯한 묘한 안도감이 들었다.

에어비앤비를 통해 예약한 파리 숙소에서 날아온 예약취소 메일을 확인한 건 노르웨이 오를로 공항에서였다. 다른 손님과 중복 예약이 되어 우리를 받을 수 없다는 것이었다. 마음이 급해진 우리는 공항에서 급하게 다른 숙소를 예약하고 파리행 비행기에 올랐다. 그러나 등록된 카드 한도 초과로 예약 확정이 안

219

5장 아이 없는 삶

되는 바람에 우리가 이동하는 동안 호텔에서 일방적으로 우리가 한 예약을 취소해버렸다. 상황을 전혀 모른 채 26시간의 이동 후 파리 공항에서 호텔로 어렵게 찾아갔으나 방은 이미 취소되고 빈방이 없다는 얘기를 들었다. 호텔 규정을 운운하며 손님 잘못 이라는 원론적 얘기만 반복했다. 과히 소문답게 프랑스인 특유 의 사무적이고 불친절한 태도로 일관한다. 이미 만 하루가 넘는 대이동으로 탈진 상태의 우리는 화가 머리끝까지 치밀어 올랐으 나 따질 힘조차 없었다. 해가 지기 전에 빨리 다른 숙소를 찾는 게 급선무였다. 그들의 몸짓, 눈빛, 말투 하나하나가 천마디 말 보다 더 많은 것을 전한다. 사람에 대한 무시, 특히나 동양인에 대한 무시는 참기 힘든 감정이었다.

파리 외곽이어서 그런지 저녁 8시가 조금 넘었을 뿐인데 문을 연 곳이 없었다. 심지어 식당조차 눈에 띄지 않았다. 어쩌다 문 을 연 호텔은 만실이고, 어떤 곳은 직원이 자리를 비웠고, 겨우 발견한 호텔은 무인자동화 호텔이었다. 아. 뭐여. 기계 설명이 다 불어잖아. 아참. 여기 프랑스지. 명색이 불문과 출신인 나는 열심히 기계를 들여다보지만 알 듯 말 듯하다. 아, 유럽 첫날부 터 무진장 꼬인다. 숙소 잡기가 이렇게 힘들 줄 생각도 못했다. 쓰러지기 일보 직전이었다.

누군가가 담배를 피기 위해 무인호텔에서 나온다. 구세주였 다. 기대를 품었던 유럽 첫날밤은 낭만과는 거리가 멀었다.

3년 전, 내가 운영하는 게스트하우스에 젊은 프랑스 커플이 체크인을 하러 들어왔다. "Hello! Are you two of you?"라고 물어보니 " No, we are three."라며 뒤를 돌았다. 인형 같은 1살짜리 아이가 엄마 등에 업혀 있는 게 아닌가! 이렇게 우린 인연을 맺었고, 내가 갖고 있었던 프랑스 사람들에 대한 고정관념을 깨준 너무나 순박하고 사랑스런 가족이었다. 마음이 가는 손님에게는 한없이 잘해주는 내 성격에 자주 가는 고깃집에서 갈비도 사주고, 아기 장난감도 사주며 정을 주었던 특별한 손님이었다. 그들 또한 그 기억이 좋았는지 우리가 세계 여행을 간다하니 꼭 만나고 싶다며 연락을 해왔고 3년 만에 우리는 노트르담 성당 앞에서 설레는 상봉을 했다.

기어 다녔던 인형 같은 아이가 벌써 4살이 되어 이리저리 뛰어다니는 모습이 새삼 신기했다. 그 사이 1살짜리 여동생도 생기고 의젓한 오빠가 되었다. 너무 반갑고 행복한 만남이었다. 게스트하우스를 안 했다면 못 만났을 인연, 단지 생계 수단으로써가 아니라 사랑과 정을 나누는 나의 직업에 보람과 기쁨을 느끼는 순간이었다.

나름 유명하다는 식당에서 점심 대접을 받았는데 우리가 맛있게 먹는 모습을 보이지 않아서일까? 다음 날 저녁 식사를 또 대접하고 싶다고 했다. 이번에는 더 고급스러운 유명한 레스토랑에서 훌륭한 저녁 식사를 함께했다. 외벌이에 아이 둘까지 키우느라 빠듯한 살림일 텐데 우리 부부를 위해 최선을 다하는 그들의 마음에 감동을 받았다.

이 꼬맹이를 언제 또 만날 수 있을까. 아기를 갖기 위해 노력한 시점부터는 웬만한 아이들이 다 예뻐 보였다. 얼마나 소중한 존재인지, 얼마나 큰 사랑을 받으며 자라는 아기일지 그냥 쳐다만 보아도 마음이 먹먹해질 때가 있었다. 그럴 때 만난 아이라 그럴까? 헤어짐이 유독 아쉽고 마음이 먹먹해졌다. 처음 만난 날부터 유달리 마음이 가는 아기였는데 이제는 테이블 사이를 뛰어다닐 만큼 자란 모습을 보니 대견했다.

한 인간의 성장을 지켜보는 것은 무척이나 신비로운 일이다. 언제가 될지 모르지만 다음번 만났을 땐 어엿한 소년이 되어 있겠지. 너무 빨리 크는 게 아쉽다는 부모의 마음이 어떤 것인지 이제야 알 것 같다. 인형보다 예쁜 큰 눈망울로 나를 바라보던 그 아기의 모습을 좀 더 오래 보고 싶었는데. 아쉬움과 잘 성장한 기특함이 교차했다. 두 아이의 부모가 되어 어깨는 무겁지만 여전히 행복해 보이는 그들과 작별인사를 나누는데 이유 없는 울컥함에 눈두덩이 뜨거워진다.

한 생명을 잉태하고 온전한 인간으로 키운다는 것은 위대한 일이라는 생각이 들었다. 아기는 오로지 이 지구상에 엄마 한 사람만을 전적으로 의지하는 존재이고, 그 막중한 책임감과 무한한 사랑을 베푸는 것이 엄마이지 않는가. 그래서 이 세상의 모

우리 아이 없이 살자

든 부모는 위대한 사람이다. 부모가 얼마나 많은 교육을 시켜주었고, 얼마만큼 좋은 옷을 입히고, 좋은 음식을 먹여서 키웠는지로 그 부모의 사랑을 평가하는 것은 분명 잘못된 것이다. 또한 그 아이가 어떠한 직업을 가지고, 연봉이 얼마나 되는지로 자식을 평가하는 것은 무조건적 사랑을 배풀었던 자식의 존재 의미를 퇴색시키는 것이다. 무한한 책임과 희생, 사랑의 결과물로 탄생한 존재가 바로 우리 모두이고 이 세상의 생명 아닌가.

세상을 조금씩 알면 알수록 아이를 낳고 키운다는 것은 정말로 대단한 일이라는 생각이 든다. 모든 아기들이 너무나 소중하고, 모든 엄마들이 위대해 보였다.

서른여덟.

비자발적
딩크

아르헨티나 이과수 폭포에서 보트 투어를 하기 위해 순서를 기다리고 있었다. 중년으로 보이는 한국인 단체 팀과 우연히 만나게 되었는데 보기 드문 40대 부부의 세계일주가 꽤 흥미로웠나 보다. 아이는 누구한테 맡기고 왔느냐, 얼마 동안 여행하느냐며 오지랖 넓은 질문 공세를 던지셨다. 아이가 없다고 하자 무척 안타까워하시며, 자기 아는 사람도 마흔이 넘어서 자연 임신이 됐으니 절대 포기하지 말라고 하셨다. 일부러 안 갖는 건지 노력하는데 안 생기는 건지는 애초부터 그분들의 머릿속엔 없는 선택이었다. 당연히 아이를 원한다는 가정하에 하시는 말씀이셨다. 물론 우리 부부는 아이를 가지려고 노력했던 비자발적 딩크였다.

"아, 네…. 저희는 아기 갖는 거 포기하고 이번 여행을 온 거예요. 세상일이 노력한다고 다 되는건 아니더라구요. 너무 걱정 마셔요. 저희끼리 나름대로 재밌게 살고 있답니다."

이런 구구절절한 설명은 할 필요가 없었다. 지겨울 만큼 들어왔던 얘기였기 때문이다. 신기한 점은 아이가 있냐고 물어보는 사람들에게 없다고 하면 열이면 열 모두 주변에 있는 노산 임신 성공 스토리를 들려주며 나에게 포기하지 말라고 한다. 당연히 내가 아이를 원한다고 생각하는 것이다. 아이 없는 삶도 괜찮다는 말을 해주거나 또는 아이 없는 가정의 모습을 있는 그대로 바라보는 사람은 거의 없었다. 아직까지 대다수의 사람들에겐 아이는 있어야 한다는 생각이 대부분인 것 같았다.

이미 임신을 포기한 나로서는 사람들의 선의의 말들이 씁쓸하게 느껴지는 게 사실이었다. 왠지 남들과는 다른 모습으로 살고 있다는 소외감, 남들이 다 갖고 있는 무엇을 나만 갖고 있지 않다는 억울함, 자식이 주는 기쁨을 느껴볼 수 없다는 안타까움 등 복합적인 심정이 들었다. 그러고 보니 세계 여행을 하면서 동서양을 막론하고 40대 부부 여행자들을 한 팀도 본적이 없었다. 한창 일하거나 아이를 키울 나이니 그럴 만도 했다.

결혼 초 신랑과 자주 싸우고 답답한 마음에 용하다는 점집에 간 적이 있었다. 날 보더니 대뜸 아이는커녕 이혼할 팔자라고 했다. 충격이었다. 가뜩이나 마음이 지쳐 있는 상태였던 나는 마치 그 사람이 신이나 되는 것처럼, 그 사람이 말한 대로 될까 봐 그 날 이후 가슴이 벌렁거렸고 일이 손에 잡히지 않았다. 초면에 너무 심하게 악담을 하는 게 아닌가 화가 나면서도 그의 말이 맞을까 봐 너무나 두려웠다.

신랑과 심하게 싸우고, 아이는 생기지 않고. 시간이 흐를수록 점쟁이의 말이 생각났다. 이혼은 안 한다고 쳐도 아이가 없을 거라는 말은 정확하게 맞춘 셈이다. 불쾌했지만 맞춘 게 신기했다. 그러나 점집에 다녀온 이후 내 마음은 늘 찜찜했고 그렇다고 도움이 된 것도 없었다. 이곳을 마지막으로 나는 더 이상 사주나 점집에 가는 것을 끊었다. 그때만 해도 신에 대한 믿음, 나에 대한 믿음이 없었기에 남의 말 한마디에 흔들릴 수밖에 없었고 그런 내가 싫었기 때문이다.

남들과 다른 모습으로 살 거라고 생각해본 적이 없었다. 난 지극히 평범한 사람이었고 남들보다 특출 나진 않아도 남들처럼 비슷한 모양으로 살 거라고 생각했었다. 너무나 당연히 주어져야 하는 어떤 것이 나에게만 주어지지 않았을 때의 의구심, 억울함이 나를 힘들게 했다.

왜 하필 나인지. 내가 무엇을 그리 잘못 살아서 이런 벌을 주시는지 이해가 되지 않았다. 난임 치료모임에서 만났던 사람들도 하나둘씩 임신 소식을 전해왔다. 3번의 시험관시술과 2번의

우리 아이 없이 살자

인공수정, 한약 치료 등 많은 시간과 노력을 들였음에도 불구하고 혹시나 하는 마음은 좌절로 이어졌다. 양가 부모님에게 좋은 소식을 들려드리고 싶었는데 죄송하고 안타까웠다. 부모님 또한 우리가 자식이 없을 거라고는 상상도 안 하셨을 것이고 무척 속상해하셨다.

미련을 버리지 못하는 나를 위한 신의 뜻이었을까. 임신의 희망은 버려야 하는 순간이 왔다. 자궁 선근증으로 인해 혹시나 했던 1퍼센트의 가능성마저 버려야 하는 날, 시술 후의 통증만큼이나 허탈감이 밀려왔다. 결국 이렇게 끝이 났구나. 내 인생엔 아이가 없구나.

마음을 정리하고자 떠난 세계 여행. 문득 이런 생각이 들었다. 우리 부부가 진심으로 아이를 원한 것일까? 선뜻 대답이 나오지 않았다. 적지 않은 나이에 결혼을 했지만 자식에 대한 개념이 별로 없었다. 남들이 다 낳으니까 나도 그래야 된다고 생각했다.

사실 더 큰 이유는 신랑과 나 사이의 불안정한 관계가 아이로 인해 좋아지지 않을까 하는 기대였던 것 같다. 서로의 사랑과 신뢰의 결과로 생기는 아이가 아니라 아이로 인해 신랑과의 사이를 개선하려는 생각부터 잘못된 것이 아니었을까. 우리는 새 생명을 만들어낼 몸과 마음의 준비가 전혀 안 되어 있던 것이다. 이미 그것을 깨달았을 때는 늦었다. 그것이 나의 운명이고 타이밍이었다.

그러나 운명을 받아들이기로 했다. 인생의 타이밍을 놓친 것은 나의 잘못도, 그의 잘못도 아니었다. 현실을 있는 그대로 받아들이고 우리 부부가 아이 없이도 잘 살 수 있도록 노력하기로 했다. 부족한 내면을 들여다보고, 마음공부를 하고 여행이라는 공통 관심사를 함께 하며 나 자신을 단단하게 하고, 둘 사이를 부드럽게 만드는 시간을 가졌다. 신랑과의 문제와 앞으로의 방향에 대해서도 재정비했다. 신랑에게 과하게 초점을 맞춘 시각을 나에게 맞추고, 내가 살고 싶은 삶에 더 집중하고 의미를 찾기로 했다.

반려견을 새 식구로 맞아 모성애를 느껴보는 신비한 경험도 하고 있다. 비록 내 핏줄은 없지만 그 빈자리를 감사하게도 잘 채워나가고 있다. 이 세상에 노력해서도 안 되는 게 있다는 것을 배웠다. 나에게 주어진 운명을 잘 받아들이는 것도 하나의 능동적인 선택이라고 생각한다.

인생을 수동적으로 살 때, 어떤 힘에 의해 끌려갈 때 불행한 것 같다. 상황이 힘들어도 내가 의지를 가지고 능동적으로 살면 적어도 불행하지는 않다. 오지 않는 아이를 기다리며 우울감과 무기력에 시간을 보내는 사람들도 있는 게 사실이다. 자책하거나 세상을 원망하며 자격지심을 갖기도 한다. 그 마음은 충분히 이해가 가지만 중요한 건 그렇다고 달라질 건 아무것도 없다는 것이다.

아이를 못 낳는 것이 내가 부족하거나 못나서가 아니라는 걸 빨리 깨달을수록 좋다. 아무도 아이가 없다고 손가락질하지 않는다. 안타까움에 하는 얘기일 뿐 그 이상도 그 이하도 아니다. 오히려 요즘에는 아이 키우는 게 너무 힘들다 보니 아이 없이 살거나 또는 결혼도 하지 않고 자유롭게 즐기며 살고 싶다는 사람들이 늘고 있기까지 하다. 오로지 아이를 낳는 것만이 내 존재의 이유인 것처럼 남편이나 가족들, 주변 사람들을 챙기지 않고, 자기 자신의 생활도 놓아버린 채 스스로를 힘들게 하는 모습이 더 안타까워 보였다. 나를 진정으로 사랑한다면 나에게 주어진 삶을 빨리 받아들이고 그 안에서 내가 할 수 있는 일을 찾는 것이 행복에 더 가깝지 않을까?

어쩌면 누군가는 나의 자유를 부러워할지도 모른다.

서른아홉,

모든 일에는
이유가 있다

이왕 떠나는 세계 여행이라면 좀 더 의미를 부여하고 싶었다. 호텔경영을 전공했고, 숙박업에 몸담고 있으니 전 세계의 숙박 시설을 경험해보고 배워오자는 목표를 세웠다. 한창 일할 시기에 떠나는 1년간의 여행에 대한 죄책감에서 벗어날 수 있는 좋은 명목이었다. 일부러 시간과 돈을 들여 시장 조사도 하러 가는데 나는 여행을 하며 덤으로 전 세계 숙박 시설을 체험하는 기회를 갖는다고 생각하니 마음이 한결 편해졌다.

또 하나의 목표는 그동안 우리 게스트하우스에 머물렀던 손님 중 친한 사람들을 만나는 것이었다. 며칠간의 만남이 얼마나 깊은 인연으로 이어질까 했지만 그들은 한국 여행 중 자신을 돌봐준 내가 무척이나 고마웠나 보다. 그저 하는 말이 아닌 진심으로 우리 부부를 기다리는 친구들이 많았다. 말레이시아, 프랑스,

멕시코, 독일 등 세계 각국에서 우리를 반겨주는 그들과 잊지 못할 시간을 보내며 너무나 큰 행복을 느꼈다.

수많은 숙소 가운데서 우리 집을 선택해주었고, 나는 그것이 감사하여 내 동생을 돌보듯 마음 써준 것뿐인데 이렇게 큰 선물로 되돌아오리라고는 생각도 못했다. 어쩌면 내 아이에게 쏟았을 사랑과 정을 낯선 여행객들에게 주고 그들이 내 인생에 새로운 인연이 되어 다시 정을 나누는 일이 그 어느 명예 있는 직업보다 소중했다.

우연히 시작한 게스트하우스가 정을 나누는 공간이 되어 많은 손님들과 만나게 되었다. 우연히 떠나게 된 여행을 통해 손님들과 만나 다시 정을 나누고, 하는 일에도 도움이 되는 경험을 쌓고, 심신이 나약한 나를 훈련할 수 있었다.

우연이 일어난 점과 같은 순간들이 모여 지나고 보니 놀랍게도 하나의 선을 이루고 있었다. 내가 몰랐을 뿐 우연이라고 생각한 순간들이 원래는 필연적으로 일어나기로 되어 있었을지 모른다. 세상에 우연이란 없다는 생각이 들었다. 그동안 내 삶에서 일어난 일들을 천천히 되돌아보았다. 신기하게도 매 순간의 각기 다른 퍼즐조각을 맞춰보니 하나의 큰 그림이 완성되는 게 아닌가.

수많은 남자들 중 신랑을 만난 이유, 그와 부딪치며 힘들었던 긴 시간들, 아이가 오지 않은 것. 몸과 마음이 아팠던 이유. 게스트하우스를 하게 된 이유. 세계 여행을 하게 된 이유.

이 모든 것이 우연이 아니라 필연적인 이유가 있었던 것이다.

나와 정반대의 남편을 만나 힘들었지만 내가 성장하는 계기가 되었다. 나를 그저 받아주기만 하는 남자를 만났다면 나는 여전히 이기적인 사람이었을 것이다. 더 나은 사람이 되기 위해 뾰족함이 깎이는 아픔을 감수해야 했기에 몸과 마음에 생채기가 난 것이다.

사랑이 부족한 나에게 사랑을 베푸는 연습을 하라고 게스트하우스를 하게 되었고, 나약한 몸과 마음을 단단하게 만들기 위해 1년의 시간 동안 거친 세상에서 훈련받을 수 있는 시간이 주어졌다.

아이가 없는 이유는 어떻게 해석을 해야 할까?

나는 유독 마음이 여리고 눈물이 많다. 아마 자식이 있었다면 기쁨보다는 안쓰러움과 슬픔이 더 많았을 것이다. 그렇다면 내 아이만을 위해 모든 사랑을 쏟는 대신 세상의 더 많은 약자를 돌보라는 사명이 아닐까?

어느 날 문득 이런 생각이 들었다. 독거노인, 고아원 아이들, 유기견, 다문화 가정 아이들, 마음이 아픈 사람들. 세상에는 도움이 필요한 사람들이 사실 너무나 많았다. 그러나 자기 아이를 키우느라, 자기 삶을 사느라 다른 사람들을 돌볼 겨를이 없는 게 현실이다. 누군가는 그들을 돕겠지, 라는 방관자의 입장에서 살아온 날들이 어느 순간 부끄럽게 느껴졌다. 나의 개인적 삶에만 모든 관심을 쏟아붓고 어려운 사람들을 위한 어떤 마음의 여유가 없었다. 나에게 아이가 있었다면 나 또한 육아와 일, 살림으로 하루가 모자라는 삶을 살았을 것이다. 그 삶도 당연히 의미가 있지만 나에겐 해당 사항이 없었다. 그동안 전혀 보이지 않았던 것들이 마음에 들어오면서 어쩌면 나에게 주어진 사명은 내 아이를 돌보는 것이 아닌 도움의 손길이 필요한 다른 누군가를 돌보는 것이라는 생각이 들었다.

당장 내가 할 수 있는 일부터 찾아보기로 했다. 사랑이 필요한 누군가에게 그 사랑을 나눠주고 그것을 통해 그들과 내가 행복하다면 아이가 없는 이유를 더 이상 궁금해하지 않을 것이다. 또한 그들을 통해 나의 존재 이유가 더 굳건해진다면 어쩌면 그들이 나에게 더 큰 사랑을 가르쳐주는 것인지도 모른다.

나는 엄마가 될 수 없음을 슬퍼할 때도 있었지만 훨씬 더 큰 의미가 있음을 이제는 알 것 같다. 내가 해야 할 일은 따로 있었다. 세상의 모든 일에는 다 이유가 있었다.

.

마흔,

인생은
선택의 연속

스스로 나를 평가할 때 부족한 것투성이지
만 몇 가지 장점이라고 자부하는 것 중의 하나가 후회하지 않는
성격이다. 어차피 인생은 끊임없는 선택의 연속이고 선택하지
않은 것에 대한 궁금증이나 미련은 양쪽을 다 가보기 전까진 필
연적인 것이다. 어떤 것의 선택은 나머지 기회에 대한 포기이기
때문이다.

결정을 한 후에는 원하는 결과가 나오지 않는다 하더라도 '그
때 다른 길을 선택할걸, 그때 그걸 하지 말았어야 했는데.'라는
후회는 하지 않는다. 그때는 그게 최선이었기 때문이다. 세계를
돌아다니면서 마음에 드는 한 동네에서 오랫동안 머물며 그들의
삶을 음미하고 싶은 마음과 유명 관광지는 최대한 많이 보고 싶
은 마음이 늘 공존했다.

가슴이 떨릴 때 여행을 해야지 다리가 떨릴 때 하면 늦는다는 것과 돈도 젊을 때 벌어야지 나이 들면 벌기 힘들다는 말.

하고 싶은 거 다하고 어떻게 사냐는 말과 사람 앞은 한 치 앞도 알 수 없으니 하고 싶은 일이 있다면 지금 당장 하라는 말.

인생에 정답이 있다면 얼마나 쉬울까? 선택은 늘 어렵다. 특히 현재의 삶과 미래의 삶을 균형 있게 조율해간다는 게 어렵다. 아마도 현실과 이상의 차이에서 오는 고민일 것이다. 대부분의 사람들은 하고 싶은 일과 해야 하는 일이 다르기 때문이다.

여행도 가슴 뛸 때 하고 싶고, 돈도 젊을 때 벌어야 한다. 이 두 가지를 어떻게 균형을 맞출 것인가? 돈이 더 중요한 사람들은 젊을 때 아끼면서 노년을 풍족하게 보내긴 하겠지만 젊은 시절 즐기지 못했던 일들이 아쉬울 것이고, 현재를 중요하게 생각하는 사람들은 노후의 삶에 대한 리스크를 감수해야 할 것이다.

신랑은 현재의 행복을 중요시하고 나는 미래를 걱정하는 마음이 컸다. 그것으로 인해 많이 부딪치고 합의점을 찾는 게 어려웠다. 시간이 지나고 보니 어떤 일에도 장단점이 있었다. 현재의 삶이 행복하지 않으면 행복한 미래가 올 수 없다는 우리 나름대로의 명제를 만들고 가장 치열하게 일해야 할 나이에 과감히 여행을 떠났다. 적지 않은 비용이 들었지만 몇 배의 가치로 우리에게 돌아왔고 이력서에 공백 기간이 생겼지만 인생을 배우고 왔다.

아이가 있었다면 자식이 주는 기쁨을 누렸겠지만 어려움 또

한 있었을 것이다. 아이가 없음으로 자유를 누리고 나에게 더 충실한 삶을 살 수 있게 됐지만 엄마가 되는 경험은 할 수 없다. 이 세상에 완벽한 선택은 없지만 최선의 선택은 있다. 아이 문제는 나의 자발적 선택은 아니었지만 주어진 운명도 내 마음가짐에 따라 최선의 선택이 될 수 있다고 믿고 있다.

원래 인간은 가진 것은 당연하게 생각하고 못 가진 것에 대한 갈구함이 크기 때문에 불행하지 않으려면 갖지 못한 것에 대해 미련을 버리고 가진 것에 감사해야 한다는 것을 알았다. 아이가 없음으로 해서 더 넓은 세상을 보고 올 수 있었고, 내 자신을 성장시킬 수 있었다. 가지 않은 길을 생각하느라 시간을 낭비하지 않기로 했다. 자발적 선택이건 주어진 삶이건, 어떻게 하면 더 행복하게 잘 살 수 있는지에 집중하기로 했다.

우리 아이 없이 살자

마흔하나.

나에게
주어진 선물

        세계 여행의 원래 계획은 네팔 대신 아프리카 대륙을 여행하는 것이었다. 그러나 남미도 버거운 나에게 아프리카는 엄두가 나지 않았다. 생각보다 훨씬 열악한 사회 인프라에 바가지요금, 불안정한 치안으로 다음번을 기약하자며 미뤘지만 다른 이유 중 하나는 동물을 좋아하지 않는다는 것이었다.

  신랑의 주된 목적은 아프리카의 사파리 투어였다. 그때까지도 나의 관심은 인간이지 동물은 아니었다. 나는 어렸을 때부터 동물원도 흥미 있어 하지 않았고, 커서도 동물 관련 TV 프로그램이나 동물 캐릭터 소품에도 전혀 관심이 없었다.

  아이 없이 사는 우리 부부에게 주변에서는 반려동물을 권했다. 집안 분위기가 많이 달라질 거라고 했다. 예전에 한 번 잠시 강아지를 키운 적이 있지만 아파서 죽고 난 뒤 생각보다 큰 슬픔에 다시는 키우지 않으리라 다짐했었다. 게다가 한 생명체를 책임져야 한다는 부담이 컸고, 신랑과 나는 피부가 예민해서 알레르기도 있었기 때문에 반려견을 키우기에 적합한 사람들이 아니었다.

그러던 어느 날 친한 언니가 반려견이 새끼를 낳았다며 키워볼 생각이 없냐고 하셨다. 인연이 되려고 그랬는지 나는 호기심 반, 기대 반으로 그러겠다고 했고 그날 밤 우리는 얼떨결에 새로운 식구를 맞이했다. 아무리 손바닥만 한 어린 강아지였지만 생명에 대한 책임감과 부담감으로 반가움보다는 긴장과 걱정이 컸다.

태어난 지 한 달밖에 안 된 꼬맹이를 처음 본 순간, 아이를 낳자마자 드라마틱한 감동과 눈물이 나는 게 아니라 아직 내 새끼인지 와 닿지 않는다는 산모 말처럼 멀뚱히 쳐다만 보았다. 보자마자 정이 생길 리가 만무했다. 오히려 강아지가 온다고 하자 무심한 척하던 신랑은 태어난 지 한 달 만에 엄마 곁을 떠난 새끼 강아지가 너무 안쓰럽다며 밤새도록 어루만져주고 지켜보았고, 나는 그저 부담만 가득할 뿐이었다.

10여 년을 둘이 조용히 살다가 한 생명체를 책임져야 한다는 사실에 마치 친구들이 걸렸다는 육아 우울증처럼 마음이 무거웠다. 똥오줌도 못 가리는 어린 녀석이라 교육시키랴 똥 치우랴 정신이 없었다. 그러나 한 달 두 달 지나면서 급속도로 정이 들었고, 나도 몰랐던 나의 모성애가 당황스러울 정도였다. 애교라고는 전혀 없는 내가 혀 짧은 소리로 강아지를 예뻐하는 모습을 본 가족들은 처음 보는 내 모습에 놀라워하면서도 마치 내 사람 새끼인 것처럼 그들도 예뻐해주었다.

말 몇 마디 없이 저녁 시간을 보내던 우리 부부에게 이 녀석은 자식과 같은 존재가 되었다. 건조하던 집안 분위기가 이 녀석 하나로 인해 완전히 바뀌고, 신랑의 표정도 한결 밝아졌다. 둘다 혀 짧은 소리로 누가 누가 더 사랑을 주나 경쟁하듯이 꼬맹이를 예뻐해주었다. 완두콩같이 조그맣던 녀석이라 콩이라고 지어주었는데 어느새 4킬로그램의 개구쟁이 푸들이 되었다.

비록 말은 못하는 강아지였지만 우리는 대화하고 있었다. 눈빛으로, 몸짓으로 모든 걸 나누고 있었다. 어느 누가 나를, 신랑을 저리도 격하게 반겨줄 수 있을까. 갓난아기에게 엄마는 자신의 생명을 책임지고 안전을 보장해주는 우주 같은 존재이듯이 강아지 또한 내가 그러할 것이다. 온전히 나에게 의지하며 나만을 바라보고 있으니 똑같진 않겠지만 아이를 키우는 엄마의 마음을 알 것 같았고 그런 경험이 나에겐 너무나 새롭고 신기할 뿐이었다.

시간이 지날수록 정이 깊어지고, 사랑을 많이 주고 싶다는 마음이 생겼다. 자기 아이가 생기면 다른 아이도 예쁘다는 게 이런 것일까? 과도한 모성애인지 오지랖인지 전혀 관심도 없었던 동물학대나 유기견들 문제가 갑자기 마음이 쓰이기 시작했다. 마치 전혀 새로운 세상을 알게 된 것처럼 내 인생에, 내 머릿속에 0.1퍼센트의 관심도 없었던 동물 문제가 갑자기 마음속에 들어왔다. 불과 몇 달 전만 해도, 버려진 수십 마리의 유기견들을 돌보는 사람들이 TV에 나올 때마다 동물을 좋아하는 사람들의 선행 정도로 바라보았다.

그러나 유기견 문제와 강아지 관련 이슈들을 알면 알수록 마음이 너무 아파 차라리 몰랐으면 좋았을 걸이란 생각까지 들 정도로 판도라의 상자를 연 기분이었다. 여전히 많은 강아지들이 인간의 장난감이나 물건으로 여겨지고, 단순히 귀엽다고 아무 생각 없이 데려다 키우다가 귀찮거나 상황이 여의치 않으면 쓰레기 버리듯 버리는 모습에 충격을 받았다. 같은 인간이라는 게 부끄러울 정도로 마음이 아팠다.

그럼에도 인간에게 의지해서 살아야 하는 그들의 운명이 너무나 가여웠다. 이제 나에게 강아지는 말 못하는 수많은 동물 중 하나가 아니라 사람과 함께 살아가는 반려견이고, 우리 가족의 새 식구가 될 수 있는 존재가 되었다. 인간에게 전적으로 의지하며 살아가야 하는 반려견. 그러면서도 자기를 버린 주인을 잊지 못해 마냥 기다리는 유기견들.

인간은 20살이 되면 성인이 되어 독립할 수 있지만 강아지는 죽을 때까지 주인에게 의지하며 살아가야 하는 운명이다. 약자인 그들을 위해 무언가를 해야겠다는 생각이 들었다. 콩이가 내 인생에 와준 것은 우연이 아니었다. 나에게 주어진 큰 선물이었다.

5장 아이 없는 삶

뭔가가
많이 바뀌었을까?

　　　　지구 반대편에서 인천공항을 그리워하던 날
이 있었다. 여행을 떠나는 날, 10킬로그램이 넘는 배낭을 메고
뒤뚱거리며 마지못해 떠나는 내 모습이 갑자기 떠오른다. 유난
스런 향수병으로 힘들 때마다 집에 돌아오는 꿈도 꾸었다.
　주어진 숙제를 무사히 마쳤다는 안도감과 함께 묘한 아쉬움
이 밀려왔다. 시원하다기보단 섭섭했다.

'거봐. 아무 일도 안 일어났잖아. 무사히 잘 끝냈잖아.'

　처음부터 이런 믿음을 갖고 시작했으면 얼마나 더 즐거운 여
행이 되었을까. 다시 하면 정말 잘할 수 있을 것 같았다. 많은 걱
정과 두려움이 끝이 났다. 걱정하는 대부분의 일은 실제로 일어

나지 않았다.

코끼리 높이에 무서워하고, 멀미에 쫄았으며, 남들은 재밌어하는 슬리핑버스도 힘들어했다. 지독한 생리통에 하루 종일 침대 위를 구르기도 하고, 뱃멀미 트라우마에 비닐봉지는 필수였다. 과한 향수병으로 신랑을 당황시켰으며, 산티아고 사람들을 순식간에 범죄자로 몰아갔다. 처음 겪는 고산병에 힘들어했고, 낭떠러지를 곡예하듯 지나가는 버스에 목숨을 맡겨야 했다. 비행기 공포의 고충은 말할 것도 없었다.

매일 싸울 거라는 예상과는 달리 여행 중반까지는 평온했다. 세계일주에 동참해주었다는 이유로 나는 갑의 자세를 취했고, 신랑은 자동적으로 을이 되었다. 갑과 을이 싸우면 누가 불리한지 그는 잘 알고 있었다. 나의 투덜거림은 힘든 여행을 적응하기 위한 몸부림이었다. 그것마저 허락되지 않는다면 그 거친 여행을 견딜 수 없었을 것이다. 그러나, 그 여행이 나를 단단하게 해줄 거라는 희망이 있었기에 포기는 없었다.

내가 배낭여행족의 모드로 완벽히 적응한 여행 중반즈음, 그는 기다렸다는 듯 그동안 참았던 짜증을 한꺼번에 터트렸다. 이유를 알 수 없는 화를 내는 신랑을 보니, 이제 좀 즐기려던 나의 기분은 번번히 깨졌다. 크고 작은 싸움이 시작되었다.

우리가 여기 온 이유가 무의미해지면서 힘이 빠졌다. 사람의 관계가 여행 몇 달 한다고 좋아질 리가 없는데 과한 기대였음을 깨닫는 순간 좌절감이 느껴졌다. 그러나 오히려 그 좌절이 그를 향한 기대를 버릴 수 있게 해주었다. 그때부터 자연스럽게 나에게 초점을 맞추기 시작했다. 내 인생 처음으로 나에게 많은 질문과 관심을 주었던 시간들이었다.

그에 대한 집착을 내려놓고, 나를 바라보기 시작하니 마음이 더 편안해졌다. 인생의 중심을 나에게 두려고 노력하니 예전과 똑같은 갈등이 일어나는데도 예전만큼 심각하게 느껴지지 않았다. 타인에 대한 욕심, 인생에 대한 욕심을 조금 내려놓으니 막연했던 두려움이 없어졌다.

사실 난 이제껏 흘러가는 대로 살았다. 어떤 인생을 살 것인지 치열하게 고민해본 적이 없었다. 지나간 삶을 후회하진 않지만 그 소중한 시간을 낭비했다는 아쉬움은 있다. 이번 여행은 나에게 어떤 삶을 살고 싶은지, 내 삶의 의미는 무엇인지 생각해볼 기회를 주었다.

여행이 끝날 무렵 신랑은 첫 2개월이 너무 힘들었다며 고백을 했다. 나를 돌봐주는 것도, 24시간 붙어 있는 것도 많이 힘들었을 것이다. 화장실에서 일부러 더 앉아 있다가 나온 적도 있다고 했다. 많이 미안했다. 그러나 당시엔 신랑을 배려할 마음의 여유가 전혀 없었다.

1년의 여행이 한 사람의 인생을 크게 바꿔놓지 않을 수도 있다. 사람의 생김새가 다 다르듯 여행의 의미도 모두 다르기 때문이다. 그러나 적어도 나에게 이번 여행은 큰 전환점이 되었다. 많이 단단해졌고, 둥글어졌다. 나도 할 수 있다는 자신감이 생겼고 나를 사랑하는 마음이 생겼다.

우리 부부는 1년동안 울고, 웃고, 할퀴고, 다독이면서 조금씩 영글어갔다. 365일 붙어 있어야 하는 여행은 일상생활 10년을 응축한 시간이기에 더 많은 것을 만들 수 있었다. 결혼 10년 동안 고민하고 노력한 시간들에 여행이 더해져서 좀 더 성숙해진 우리 둘이 되었으리라 기대해본다.

여전히 나는 신랑과 사소한 걸로 싸울 것이다. 그는 더 깊은 동굴을 팔 수도 있고, 더 오래 숨어 있을지도 모른다. 그러나 이제는 동굴에서 스스로 나올 때까지 기다려줄 수 있는 힘이 나에겐 생겼다. 상대가 화를 내는 이유는 그 원인이 반드시 나일 거라는 피해의식에서 벗어날 수 있는 여유가 생겼다. 신은 아이를 우리 인생에 허락해주지 않는 대신 넓은 세상을 보는 기회를 주셨다. 더 성숙한 사람이 되라고, 더욱 사랑하며 살라고 주신 선물이라고 믿는다.

어느 햇살 좋은 주말, 커피 한 잔을 함께한다. TV에선 우리가 너무나 좋아했던 남미 페루의 티티카카 호수가 나오고 있다. 이미 우리 부부의 두 번째 세계일주는 정해졌다.

'콩이와 함께하는 유럽 캠핑카 여행'

언제가 될지는 모른다. 그러나 우리는 이미 여행길에 오른 사람처럼 히죽거리며 즐거워한다. 여전히 나는 비행기에서 기내식을 먹기 힘들어할 것이며, 차가워진 손을 비벼대며 있을 것이다. 그럼에도 난 떠날 것이다.

또 하나의 희로애락이 있는 그곳으로.

뜨거운 여름을 맞이하며

김하원

우리, 아이 없이 살자